author
kimimaro
illust.もきゅ
2
家で無能と
言われ続けた俺ですが、
世界的には
超有能
だったようです
JN131287

クルタ
「さあ、打ち上げに行こうか、ジーク」

ライザ
「いや、私と一緒に食事へ行こう。
姉弟水入らずでな」

ジーク(ノア)

「今のノアなら
大丈夫、
やって！」
シエル

「まったく……何を
比べてるのよ……」

contents

家で無能と言われ続けた俺ですが、世界的には超有能だったようです 2

kimimaro

GA文庫

カバー・口絵・本文イラスト
もきゅ

第一話

新たな日常

ライザ姉さんとの決闘から約一週間後。

ラージャの街からほど近い森にて。

新たにクルタさんが加わった俺《おれ》たちのパーティは、オーガの討伐《とうばつ》を行っていた。

「はあああぁっ!!」

ロウガさんお得意のシールドバッシュ。

大盾《おおたて》に棍棒《こんぼう》を弾《はじ》かれたオーガは、姿勢を崩してたたらを踏んだ。

そこへすかさずニノさんが飛び出し、無防備となった足の付け根を斬《き》りつける。

魔物特有の緑の血。

それが高く噴き上がり、オーガの巨体が動きを止める。

さすがロウガさんとニノさん、行き届いた連携だ。

「こっちも来たよ!」

「はい!」

仲間の危機を救おうとでもいうのだろうか。

木々の陰から次々とオーガたちが姿を現した。

クルタさんは即座に構えを取ると、木々の間を飛ぶように駆けた。

まるでムササビか何かのような動きである。

彼女はそのままオーガたちの頭上へと移動すると、その醜《みにく》い顔をめがけて斬撃《ざんげき》を放つ。

「今だよ！」

オーガたちはクルタさんの攻撃を防いだが、大きな隙《すき》ができた。

そこへすかさず、俺が渾身《こんしん》の魔法剣を放つ。

「はあああぁっ!!」

黒剣の周りで渦を巻く水流。

それが斬撃とともに解き放たれ、蒼《あお》い刃《やいば》が森を駆け抜けた。

清らかな水の刃は、周辺の木々ごとオーガたちの身体を容赦なく切り刻む。

噴き出す血、崩れる巨体、響く轟音《ごうおん》。

オーガたちの後を追うように、鬱蒼《うっそう》と生い茂っていた木々までもが倒れた。

薄暗い森の中に、たちまち晴れ渡った空が現れる。

「あはは……こりゃ、私の牽制《けんせい》とかいらなかったかも？」

「……ちょっと、やりすぎましたかね？」

「やりすぎだよ！　もっと抑えて!!」

俺以外の三人の声が、見事に揃《そろ》った。

……これからは、森を破壊しないように気を付けないと。

それに、俺一人で何でもやりすぎるのは良くないしなぁ。

俺は見せ場がなくなって手持《ても》ち無沙汰《ぶさた》になってしまったクルタさんを見ながら、ちょっぴり反省するのだった。


―○●○―


「オーガの奥歯十体分、確かに！」

討伐証明部位を受け取り、優しく微笑《ほほえ》む受付嬢さん。

ふう、これで何とか無事に仕事が終わったな。

依頼書に記載があった場所にはいなくて、森全体を探し回る羽目になったから大変だった。

討伐自体はサクサクできたけれど、そこまでに半日かかっちゃったからなぁ。

「オーガの巣の位置が依頼書とは大幅に違っていました。この依頼は、ギルドが定期的に出しているものですよね？　次回から位置を修正した方がいいと思います」

「え？　ニノさん、実際にはどこにいました？」

「はい。この森の北部ではなく――」

懐《ふところ》から地図を取り出し、実際にオーガがいた場所を指で示すニノさん。

受付嬢さんはすぐさま書類を取り出すと、依頼書の内容に手を加えた。

「これでよしと。情報提供、感謝いたします！」

「いえ。ギルドに協力するのも冒険者の義務ですから」

「……にしても、最近こういうの増えてないかい？　前はギルドの情報が間違っていることなんて、ほとんどなかったはずだけど」

クルタさんが、やや不満げな顔をして言う。

ちょうど、姉さんと一区切りついてクルタさんを正式に仲間に加えた頃《ころ》ぐらいからだろうか。

魔物の生息情報が依頼書に書かれているものと一致しないことが増えてきた。

みんなの話では、それまではそんなことほとんどなかったらしい。

冒険者の聖地とされているだけあって、本来ラージャのギルドはとても優秀なのだとか。

「あー、そのことですか。ギルドとしても、ラージャ周辺で異変が生じていることは既に認知しています。ですので、近いうちに専門家の方をお呼びする予定ですよ」

「って言うと、研究所のやつらでも呼ぶのか？」

「はい。近いうちに調査の護衛依頼などが出ると思いますよ」

「……マジか」

露骨に嫌そうな顔をするロウガさん。

クルタさんとニノさんも、どことなく渋い顔をした。

その「研究所のやつら」とやらに対して、三人ともあまりいい思い出がないようだ。

「何ですか、その研究所って」

「正式には、冒険者ギルド付属魔物研究所っていうとこでな。魔物マニアの寄り合いだ」

「魔物……マニア……？」

「そう！　とにかく魔物に目がない連中で、この護衛がまあ厄介なこと……」

「前は、いきなりワイバーンの巣に飛び込んでいこうとしましたよね」

「そうそう！　群れに追いかけられて、あの時はさすがに死ぬかと思った！」

「ボクが依頼を受けた時は、オーガキング相手に上半身裸で会話をしようと試みていたね」

「あー、亜人種が相手だとよくやるよな。コミュニケーションがどうとか」

……うーん、なるほど。

みんなの話を聞いていると、何となくヤバそうな人たちだというのは伝わってきた。

護衛依頼が出たとしても、受けるかどうかは慎重に考えないとな。

報酬にもよるけど、今のところはそこまでお金には困っていないし。

こうして俺が呆《あき》れ顔をしていると、受付嬢さんが苦笑しながら言う。

「一応フォローしておきますが、彼らが魔物に関してプロ中のプロであることは間違いないですよ。魔物図鑑の作成など、ギルドの業務にも大いに貢献してくださっています。……まあ、変わった方が多いのは事実ですが」

そこは否定しないのか。

まあ、研究者っていうのはいろいろと変わってる人が多いからなぁ。

うちのシエル姉さんとかも、常識人っぽく見えてズレてるところが結構あったし。

一週間連続で徹夜して、そのあと二日間ぐらいまとめて寝るとか。

魔石に魔力を注入する実験で、家の半分をふっとばしちゃったりとか。

「まあ、よほどのことがない限り触れない方が無難そうですね」

「だな。……さてと、一仕事終わったことだし飯でも食いに行こうぜ！」

「南通りにボク行きつけの美味《おい》しい店があるよ。そこへ行かないか？」

「おう、いいねぇ！　クルタちゃんのおススメか！」

こうして、クルタさんに連れられてギルドを後にしようとした時だった。

ふと視線を感じた俺が振り返ると、そこにはライザ姉さんが立っていた。

「あ、姉さん！」

「久しぶりだな」

「久しぶりって、昨日も会ったじゃないですか」

「そ、そうだったか？　覚えていないなぁ……」

露骨にすっとぼけてみせる姉さん。

いやそのセリフ、昨日も言ってたぞ？

ライザ姉さんがこっちに引っ越してきてからというもの、いつもこの調子だ。

依頼の報告を終えたぐらいのタイミングで、いつも必ず現れるんだよな。

……まさか、俺たちのこと見張っていたりするのか？

いくら身元は伏せているとはいえ、あんまりギルドに居座るのはどうかと思うのだけど。

剣聖でなくても、姉さんは美人だから注目を集めやすいし。

そもそも、着ている鎧《よろい》の質からして見る人が見れば只者《ただもの》ではないとわかる。

「皆で食事に行くなら、私もついていっていいだろうか？」

「俺は構わないぜ。美人なお姉さんは大歓迎だ」

「私もいいですよ。ジークやクルタお姉さまが良ければですが」

「そうですね、俺も断る理由は――」

「ボクは嫌かな！」

満場一致で参加かと思っていると、ふくれっ面をしたクルタさんが真っ向から反対をした。

彼女は姉さんの前へと進み出ると、剣聖を相手に物怖じすることなく言う。

「パーティで開くご苦労さん会に、毎回のように部外者が参加するのはどうなのさ？　たまにはいいけど、ここ最近ずっとじゃないか！」

「別に、迷惑はかけていないだろう？」

「今回の依頼はここが疲れたーとか、そういう『身内の』話がしづらくなってるのは確かだよ。それに、ライザさんにはみんな気を使っちゃうし」

言われてみれば、ニノさんとかロウガさんはそうだよなぁ。

俺の家族とはいえ、仮にも剣聖である。

さすがに慣れてきただろうとはいえ、気が休まらないというのはあるかもしれない。

俺だって、圧倒的に目上の人が会に出席していたら緊張するし。

クルタさんが「身内の」という部分をやたら強調した理由はよくわからないけれど。

人一倍、仲間意識が強いのだろうか？

「……だ、だったら！　私をパーティに入れればよかろう！」

「いや、それは。いくらなんでも実力の差がありすぎでしょ。あんまり良くないと思うよ」

姉さんが仲間に加わったら、ついつい頼ってしまうだろう。

そもそも、姉さんたちから自立をしたくてこの街まで来たのに。

ここで姉さんを仲間にしたら本末転倒だ。

「それは言えてるな。俺たちの実力だと、ジークでも少し過剰なぐらいだ」

「ですね。ここでライザさんが加わったら、仕事がなくなります」

「ぐぬぬ……！」

「それに、そもそもライザさんは冒険者じゃないよね？」

続けざまに、スコンっと核心を突くような一言。

姉さんの肩が、ビクンっと震える。

「むむ、それもそうだが……！」

「じゃあ、なおさら無理だよ」

「……よし、わかった。ならばこうしよう」

そう言うと、ライザ姉さんは急に俺の右手を握った。

そしてグイっと、俺の身体を自分の方へと引き寄せる。

「ジークは私と一緒に食事へ行こう。姉弟《きょうだい》水入らずでな」

「あ！　ずるい！」

「そちらが部外者はいらないというなら、こちらだって部外者はいらないというだけの話だ。ずるくなんてないぞ！」

「そんなの認めないよ！　ニノ、手伝って！」

「はい、お姉さま！」

ライザ姉さんに対抗して、クルタさんとニノさんが左手を握った。

三人はそのまま、俺を綱引きよろしく引っ張り始める。

い、痛い！　やめて⁉

俺はとっさに、助けを求めてロウガさんを見た。

が、しかし。

彼は軽く腕組みをすると、うんうんと妙に満足げな顔をしてうなずく。

「いいねぇ。これぞ青春って感じだな」

「そんなんじゃないですって！　助けてください！」

悲鳴をよそに、争いを続ける姉さんとクルタさんたち。

俺を巡る引っ張り合いは、その後しばらく続いたのだった。


――○●○――


「ふぅ……昨日は大変な目に遭ったな」

肩をゴリゴリと回しながら、つぶやく。

あの三人、容赦なく引っ張ってきたもんなぁ……。

途中で本当に腕が抜けるかと思ったぐらいだ。

ライザ姉さんはわからなくもないけど、クルタさんはどうしてあんなに俺を誘いたがったんだろうなぁ。

「よう！　昨日は災難だったな」

「ロウガさん、そう思ってるなら助けてくださいよ」

「ははは！　美少女三人に引っ張られるなんてなかなか体験できないぜ。むしろ、いい経験だと思って楽しんでおけよ」

「いや、一人は姉ですし。クルタさんたちにしても、別に特別な感情はないと思いますよ？」

俺がそう言うと、ロウガさんは両手を上げてやれやれとため息をついた。

彼は呆れた顔をすると、わかってないなとばかりに語り出す。

「いやいや。ニノはクルタちゃんに従ってるだけだと思うが、クルタちゃんの方は本気だと思うぞ？　魔族に囚《とら》われていたところを颯爽《さっそう》と助けられたんだ。惚《ほ》れるのも当然だろう」

「いやでも、結局はヒュドラを倒したのって姉さんですし」

「魔族を倒したのはお前さんなんだろ？　それで十分だって」

腕組みをしながら、うんうんとうなずくロウガさん。

ううーん、そういうものなのかねぇ……。

クルタさんは強くて美人な先輩冒険者だ。

性格も悪くないし、もし俺のことを思ってくれているならとても嬉《うれ》しい。

けど、そんな人が本当に俺みたいなぽっと出の新人に惚れるだろうか。

さすがに、自意識過剰ってやつかな。

ロウガさんもきっと、面白《おもしろ》半分にからかっているだけだろう。

「二人して、何を話してるんだい？」

「うわっ⁉」

いつの間にか、クルタさんとニノさんが背後に立っていた。

まさか、今の話を聞かれていたんじゃなかろうな？

俺はとっさに警戒したが、幸いにも特にその様子はなかった。

やれやれ、ちょっとヒヤっとしたぞ。

あんな話がクルタさんに聞かれていたら、恥ずかしいなんてもんじゃない。

パーティ解散の危機だ。

「ロウガが早く来てるなんて珍しいね。何かあったのかい？」

「言われてみれば。いつも朝は眠そうにしているのに。悪いものでも食べましたか？」

怪訝《けげん》な顔をするクルタさんとニノさん。

そのどこか非難めいた眼差《まなざ》しに、たちまちロウガさんが反論する。

「俺だっていつも朝帰りしてるわけじゃねえよ！　……昨日、研究所のやつらが来るって言ってただろ？　だからそろそろアレが出るんじゃないかと思ってよ」

「ああ、アレですか。確かに今日あたりから出てもおかしくないですね。それなら納得です」

「だろ？」

「その……アレって何ですか？」

俺が尋ねると、ロウガさんは一瞬ポカンとした顔をした。

しかしすぐに手をついて納得した顔をする。

「ああ、そうか。ジークはまだ初心者だったもんな」

「腕前が腕前だけに忘れそうになりますけど、そうでしたね」

「アレっていうのは、ギルドから出される事前調査依頼のことさ。研究所の連中が来る前に、ギルドの方でもあらかじめ簡単な調査をしておくんだよ」

「へえ。でも、それがどうかしたんですか？」

別にそれだけなら、特にざわつくような話でもないだろう。

ラージャの街のギルドは常に依頼でいっぱい、仕事に困るようなこともないし。

そう思って尋ねると、クルタさんは何やら楽しげに語る。

「参加者を集めるために、ギルドへの貢献度がうんと高く設定してあってね。ランクを上げるにはうってつけの依頼なんだよ」

「ようは、おいしい依頼ってわけですか」

「ボクも、これで荒稼ぎさせてもらったよ。ボクがAランクになれたのも、半分ぐらいはこのおかげかな」

ふふんッと胸を張るクルタさん。

へえ、なるほど。

それでロウガさんが気合を入れていたってわけか。

クルタさんに影響されたのか、早くAランクになりたいってよく言ってたもんなぁ。

「俺もそろそろ昇格してえからな。まだまだ、新米のジークにランクで負けたくねえからよ」

「無駄な見栄ですね。実力ではもう明らかに負けているのに」

「うるさいな、男には張らなきゃいけねえ見栄ってものもあるんだよ！　……だいたい、ニノも食いついてたじゃねえか」

「私はただ、クルタお姉さまと同じランクになりたかっただけです。他に理由はありません」

「本当か？」

「……まあまあ、落ち着いて。仲間割れなんかしてたら、他の連中に大事な依頼を持ってかれるよ？」

そう言って周囲を見渡すクルタさん。

気が付けば、人気のなかったギルドの中もすっかり冒険者でいっぱいになっていた。

この時間にしては、珍しいぐらいの混み具合である。

みんな、事前調査依頼が目当てなのだろうか。

まだ今日の分の依頼が張り出される前の掲示板を、しっかりと注視している。

どことなく空気が張り詰めて、ギルドのエントランスには緊迫感が満ちてきた。

「お、来ましたね！」

やがてカウンターから、依頼書の束を持った受付嬢さんが姿を現した。

彼女は小さな脚立に乗ると、掲示板の上から順番に依頼書を貼り付けていく。

「事前調査依頼にはギルドのデカい判子が押してある。まずはそれを探すんだ」

「取りに行くのは受付嬢が依頼書を全部貼り終わってから。その前に出て行くのはルール違反になるから気を付けて！」

軽くルール説明をするロウガさんとクルタさん。

ギルドの判子っていうと、入り口にも掲げられてる獅子《しし》の紋章のことかな？

えっと、それらしきものは……あった！

掲示板の左上に、赤い獅子の判が押された依頼書が貼《は》られていた。

内容は……この場所からだとよくわからないな。

とりあえず確保して、中身は後で確認するか。

「よいしょっと。はい、みなさんどうぞ！」

「っよし！」

「もらったぁ!!」

「渡さねえぞ!!」

受付嬢さんの言葉と共に、始まる争奪戦。

うお、思った以上に激しいな!!

屈強な肉体を持つ冒険者たちが、互いに押し合いへし合い。

簡単には身動きすら取れないようなありさまとなる。

それだけ、事前調査依頼は美味《おい》しいということなのだろう。

これはぜひとも、ゲットしなくては……！

「ええいっ‼」

俺は全力でジャンプをすると、そのまま掲示板の上部にあった依頼書を引きはがした。

日頃《ひごろ》から、姉さんに鍛えられていた身体能力のたまものである。

そしてそのまま、人混みを避けながら後ろへと下がる。

「やった、確保できた！」

喜びのあまり、思わずガッツポーズをする俺。

それから数十秒後。

俺がテーブルで待っていると、少ししょんぼりした顔のクルタさんたちが戻ってきた。

どうやら、彼女たちは依頼の確保に失敗してしまったらしい。

「いやぁ、油断した！　今回は勢い凄《すご》かったねぇ！」

「ここ最近は、魔物の生息域が不安定で仕事を休んでる人も多かったですからね。その影響だと思います」

「ま、仕方ねえな。ジークの方はどうだった？」

「ふふふ、取れましたよ！」

「お、見せてくれ！」

「はい、どうぞ！」

俺はすぐさま丸まっていた依頼書を広げると、みんなの前に差し出した。

すると――。

「……よりによって、こいつを引いたかぁ」

「ジーク君らしいというか、何というか……」

「ある意味、安定していますね」

……な、なんだ？

俺が持ってきた依頼って、そんなにヤバい奴《やつ》だったのか？

渋い顔をした一同に、俺は何とも言い難《がた》い不安を覚えるのだった。


――○●○――


「つまり、この依頼で指定されているラズコーの谷というのが凄く厄介な場所だと？」

依頼書の争奪戦から数分後。

軽く説明を受けた俺がそう聞き返すと、クルタさんたちは揃ってうなずいた。

ラズコーの谷の魔力濃度調査。

俺が取ってきた依頼書には、そのように内容が記されていた。

クルタさんによれば、谷の上下で魔力の濃度に異常が生じていないかを調べる依頼らしい。

この谷の魔力の循環がおかしくなっていると、このあたり全体に影響があるそうだ。

「ラズコーの谷は、深いし険《けわ》しいからな。なにせ、上からじゃ谷底が見えないくらいだ。途中で細い鎖場も通らなきゃならねえから、調査するのが手間なんだよ。高い場所が苦手な奴にはそもそも無理だしな」

「調査系の依頼では、ぶっちぎりで不人気の場所ですね」

「……まあでも、ボクたちとの相性《あいしょう》は割といいんじゃないかな？　ボクとニノは身軽だし、ジーク君も動ける方だろう？」

苦笑しながらも、それとなくフォローを入れてくれるクルタさん。

うーん、でもそれだと……。

俺はちらりとロウガさんの方を見た。

筋骨隆々とした大柄な身体は、とても身軽に動けるとは思えなかった。

おまけに、彼の得物は超重量級の大盾である。

ロウガさん自身も自覚はあるのか、少し困ったように頬《ほお》を掻《か》く。

「……確かに、俺はあの場所が苦手だな。別に行けないって程でもねえが……この大盾を使うにはちと厳しい」

「……どうします？　留守番しますか？」

「でも、ロウガさんも昇格のために貢献度は欲しいですよね。なら、俺が責任をもってフォローをして――」

「いんや、俺一人だったらどこかのパーティに混ぜてもらえばいい。これでも顔は広いんでな、そのあたりは何とかなる」

他の冒険者たちの様子を見ながら、淡々と告げるロウガさん。

無事に依頼書を手に入れたパーティのうちいくつかに、知り合いがいるようだった。

ロウガさんが手を振ると、笑顔で何人かの冒険者が振り返してくる。

「じゃあ、今回は別行動にしましょうか」

パーティの盾役が抜けることに少し不安があるが、仕方がない。

メンバーの能力は高いから、どうにかなるだろう。

それに、ゴリゴリの討伐依頼ってわけでもないしな。

俺は改めて依頼書を手にすると、手続きを済ませるためカウンターへと向かった。

するとここで、誰《だれ》かが肩をポンポンと叩《たた》いてくる。

「……あ、姉さん！」

振り返ると、そこに立っていたのはライザ姉さんだった。

こんな早い時間からギルドにいるなんて、珍しいな。

俺がそう思って首を傾《かし》げると、姉さんは疑問に答えるように言う。

「アベルト殿に呼ばれてな。お試しでいいから冒険者をやってみないかと、誘いを受けたのだ」

「またですか。ギルドも本当に熱心ですね」

「今は戦力が欲しい時期だからねぇ。剣聖ともなれば、誘いを受けるのは当然かな」

「そうでなくても、ライザさんをどこが口説《くど》き落《お》とすかは話題になっていましたからね」

「あー、言われてみれば」

そういえば、一時期はそんなことも言われてたなぁ。

今のところライザ姉さんはどこの組織にも所属していない。

王宮に出入りしていたりもするが、正式に国に雇われているわけではなかった。

だから国軍や騎士団、そしてギルドの間では姉さんを巡る激しい奪い合いまであるらしい。

……俺も聞いた話だから、どこまで本当かはわからないのだけど。

実際、剣聖といえば一人で騎士団一つ分に匹敵《ひってき》する戦力だからなぁ。

喉《のど》から手が出るほど欲しい存在なのは、間違いない。

「一応、話は聞いたぞ。そういうことなら、パーティの四人目に私を加えてくれないか?」

「え?　姉さんを?」

「ああ。戦闘依頼ではないのだろう?　ならば問題あるまい」

言われてみれば、その通り……なのか?

姉さんを依頼に加えない最大の理由が、姉さんの強さに頼ってしまうからだ。

でも、非戦闘依頼ならばその点は問題にならない。

だから、大丈夫といえば大丈夫かもしれないけれど……。

「ダメなのか？　たまには、一緒に依頼に行くのもいいと思ったのだがな」

「ううーん……」

そう言われてしまうと、どうにも断りづらかった。

すると困った俺を見かねたのか、クルタさんが間に入って言う。

「調査依頼を受けられるのは、そもそもギルドに所属する冒険者限定じゃないかい？　そこはどうするのさ？」

「大丈夫だ。アベルト殿からこんなものを貰《もら》っている」

姉さんは懐《ふところ》から、ギルドカードによく似た物体を取り出した。

ただ、裏面の色合いが全く異なっている。

俺たちのギルドカードが赤銅色なのに対して、姉さんのカードは銀色をしていた。

「臨時のギルドカードだそうだ。本来は、国の騎士などが緊急で依頼に参加する場合に渡すものらしい」

「それがあれば、姉さんもひとまず冒険者として扱われると？」

「まあそういうことになるな」

「……どうします？」

「仕方ないなぁ。今回だけ、あくまでロウガが抜けるからってことで。恒久的なメンバーとかじゃ、断じてないんだからね！」

俺の問いかけに、渋々といった様子ながらも参加を認めるクルタさん。

それに追従するかのように、ニノさんもまた「歓迎します」とつぶやいた。

いろいろと不安はあるけど、これで依頼が失敗するということもないだろう。

戦力的には間違いなく大補強なわけだし。

俺は依頼書を広げ直すと、今度こそカウンターへと向かう。

「これで、お願いします。今回はライザ姉さんも臨時参加で」

「はい、承りました。では調査に必要な機材を持ってきますので、少々お待ちくださいね」

カウンターの奥へと引っ込んでいく受付嬢さん。

俺はここで、ふと気になったことを姉さんに尋ねてみる。

「そういえば、姉さん」

「何だ？」

「そのギルドカード、ランクはどうなってるんですか？」

やっぱり、剣聖なのだからSランク扱いなのだろうか？

純粋な戦闘力だけでいえば、世界最強といっていい存在なんだし。

もしそうだったら、臨時とはいえちょっとワクワクするよな。

Sランク冒険者といえば、全冒険者の憧《あこが》れ。

俺もひそかに目指している存在だったりする。

「ああ、Fランク扱いだ」

「やっぱりえす……えふ⁉」

あまりのことに、ちょっとばかりびっくりしてしまう。

まあ、形式的に全部Fランクってことにしてるんだろうけど……。

姉さんがFって、そりゃまたひどいランク詐欺だな。

同じことをクルタさんとニノさんも思ったようで、呆れ顔でつぶやく。

「剣聖がFランクねぇ……」

「まあ、表向きはただの騎士ということにしてあるからな。仕方あるまい。お前たちも、あまり私のことは言いふらしてくれるなよ」

周囲の様子を確認しながら、声を小さくして言うライザ姉さん。

表向き、姉さんは「ギルドに協力をする王国の騎士」ということにしてある。

そうでもしないと周囲がうるさいからと、姉さん自らがこのようにしてほしいと申し出た。

ちなみにヒュドラについては、出現したことについてまだ公には伏せられている。

不要な混乱を招きたくないという、マスターの判断だ。

──ニノさんとロウガさん、そして俺が協力して魔族を打ち倒した。

それがこの前の事件について、街の人々が認識していることである。

「にしても、姉弟揃《そろ》ってひどいランク詐欺です」

「ああ。ほんとだよ」

やれやれと困った顔をするクルタさんたち。

ん？　姉弟揃って？

いや、姉さんはともかく俺の方はそこまででもないと思うぞ？

サラッと不穏なことを言うニノさんに、俺はおやっと首をかしげるのだった。

第二話

ラズコーの谷に巣食うもの

「着きましたね。ここがラズコーの谷です」

街を出て、北東へ向かうこと約一日。

二日目の朝に、ようやく俺《おれ》たち四人はラズコーの谷へと到着した。

連なった険しい山々。

ゴツゴツとした岩が赤茶けた山肌を覆《おお》い、尖《とが》った峰《みね》がナイフのように天を割いている。

その麓《ふもと》には、黒々とした谷がぱっくりと口を開けていた。

恐る恐る身を乗り出してみると、谷底からスウッと冷たい風が吹き上げる。

陽光が差し込まない分、底の方はかなり気温が低いようだ。

いったいどれほどの落差があるのか……。

想像するだけで、背筋が寒くなってきてしまう。

「こりゃ、不人気になるのも無理ないですね」

「天歩《てんほ》を使えば、何とか降りられないことはないか……」

「言っとくけど、誰《だれ》もついていけないから実際にやらないでよ」

とんでもないことを言いだす姉さんに、クルタさんが呆《あき》れた顔をする。

姉さんなら、この谷でもひょいひょいっと降りて行ってしまいそうなのが逆に怖い。

天歩を使えば、多少は空も飛べるしなぁ……。

改めて、剣聖って人類なのか疑わしい存在だ。

「無茶せずとも、谷底へ向かう道がこの先にあります。その前に魔力の測定を行いましょうか」

「ああ、そうだね」

そう言うと、俺はギルドから預かってきた魔力測定器を取り出した。

大きな水晶玉のような装置で、周囲の魔力に応じて色が変化するらしい。

今は……青色だな。

赤くなればなるほど魔力が濃いとのことなので、このあたりは魔力が少し薄めのようだ。

「よし、異常なしと。じゃあ、次の測定場所へ行こうか」

「ええ」

ギルドが指定した測定場所は計三か所。

谷の上、谷の中腹、そして谷底だ。

ここがそれぞれ青、緑、黄となっていれば正常らしい。

指定の用紙に結果を記入した俺は、そのままニノさんの後に続いて谷底への道に向かう。

「うわ……覚悟はしてましたけど、ほっそいですね！」

「こんな貧弱な足場で大丈夫か？」

岩壁に沿うようにして作られた木の足場。

かなり年季が入っていて、お世辞にも立派とは言い難《がた》い。

試しに足を乗せれば、たちまちミシリと嫌な音がする。

体重をかけたら、そのままストンと落ちてしまいそうだ。

「平気だよ。これでも、冒険者がちょくちょく使ってる道だから」

「ええ。鎧《よろい》を着た男性が乗っても、壊れないぐらいには丈夫にできてます」

そう言うと、ニノさんはあろうことかその場でひょいっと宙返りをして見せた。

さ、さすがは忍者……。

身軽さが売りなだけあって大したものだけど、高いところが怖くないのか？

見ているだけで背筋がゾワゾワっとしちゃったんだけど。

「む、案外しっかりしているな」

「な、なるほど……。でも、危ないからそういうのはやめましょう？」

額に浮いた汗を拭《ぬぐ》うと、俺は声を震わせながらニノさんに注意をした。

いつの間にか、腕に鳥肌が立っている。

俺、もしかして自分で思うより高いところが苦手かも……？

そういえば、これまでこんな高いところにはほとんど来たことがなかったな……。

実家じゃ姉さんたちが、そういう場所に行かないようにガードしてたし。

「ジーク、どうした？」

先を行く姉さんが、俺を呼ぶ。

……こうしちゃいられない、急がなきゃみんなに迷惑がかかる。

俺はそっと足場に足を乗せ、恐る恐る一歩を踏み出した。

――ミシッ！

耳障《みみざわ》りで嫌な軋《きし》みに、たちまち背中が丸くなる。

「遅いぞ、早く！」

「そんなことしちゃ危ないって！」

じれったい俺を急《せ》かすように、大きく手を振る姉さん。

この不安定な足場でそんなことするなよ！

注意する俺の声が、少しばかり大きくなる。

すると姉さんは、俺の恐怖心を察したのだろうか。

こちらを覗《のぞ》き込み、怪訝《けげん》な顔をして尋ねる。

「もしかしてジーク、この場所が怖いのか？」

「ま、まさか！」

姉さんのことだ、ここで怖いなんて言ったら何をするかわからない。

特訓と称して、いろいろ無茶をさせられるかもしれないぞ。

俺は平気平気と虚勢を張ると、できる限り下を見ないようにしながら足場を歩く。

「……じゃ、進もうか」

「ああ」

俺が歩き出したのを見て、止まっていたクルタさんたちもまた歩き始める。

こちらの恐怖心を察したのか、その足取りはゆっくりだった。

こうして崖《がけ》沿いの足場を歩くことしばし。

巨大な岩が大きく谷に突き出しているのが見えてきた。

その様子は、さながら巨人の肩か何かのようである。

自然が作り上げた壮大な造形美に、俺たちの足が一瞬だが止まった。

「あの岩で真ん中だよ！」

「よし、あと少し……！」

あそこまで行けば、少しはマシになるだろう。

俺はいくらか歩くのを速めた。

だがその時、不意に下から風が吹き上げてくる。

うわ、身体が揺れる……‼

「うっ！」

「ジークッ‼」

傾《かたむ》く俺の背中をすぐさま姉さんが支えてくれた。

良かった、助かった……！

安心感からか、跳ね上がっていた心拍が少し落ち着く。

ライザ姉さんのことが、これほど頼もしく感じたのはいつぶりだろうか。

「ジーク君、大丈夫かい？」

「え、ええ……」

「まったく。怖いのなら怖いと素直に言え」

「す、すいません」

姉さんの勢いに押され、つい謝ってしまう俺。

すると姉さんは、俺に向かってそっと手を差し出してきた。

これは、まさか……！

「ほら、握れ」

「い、いいの⁉」

「当たり前だろう？　何をそんなに驚いている」

「いや、姉さんのことだから……『情けない、もっと修行をしろ！』とか言い出すかなって」

「私は別に、お前をいじめたいわけではないからな？　高いところが怖いのなど、鍛えて治るものでもないだろう」

おぉ……!!

ライザ姉さんって、こういう優しいとこもあるのか……!

感動した俺は、思わず惚《ほう》けたような顔をしてしまった。

普段の怖い印象があるだけに、ちょっとどころじゃないぐらい意外だ。

俺を鍛えるためにあえて厳しくしてたとか言ってたけど、案外本当なのかもなぁ。

いや、それはちょっと一気に見方を変えすぎか。

「何を考えている？　ほら、早く握れ」

「は、はい！」

急《せ》かされたので、少し急いで姉さんの手を握る。

温かくて、柔らかな手。

女性にしては握力が強いのは、日頃《ひごろ》の鍛錬の賜物《たまもの》だろう。

思えば、こうして手を握るのは何年ぶりだろうか。

小さい頃が少し懐かしくなる。

「……こうしてると、昔を思い出しますね」

「な……！　余計なことは、考えんでいいぞ！」

なぜかはわからないが、姉さんの頬《ほお》が赤くなった。

心なしか、手の温度も上がった気がする。

小さい頃のことが、何か恥ずかしいのだろうか。

するとそれを見ていたクルタさんの頬まで、真っ赤《まか》になって膨れた。

「……帰りは僕の手を握ってもらうおうかな」

「え？　悪いですよ。帰りこそは自力で何とかします！」

「………この、鈍感！」

そう言うと、クルタさんは急に速度を上げて歩いて行ってしまった。

何か、気に障《さわ》るようなことを言ってしまっただろうか？

俺は少し動揺しつつも、依頼を遂行すべくそのまま進むのだった――。


――○●○――


「ふぅ……何とか着きましたね」

崖の中腹部分。

谷に向かって大きくせり出した岩の上で、俺はふうっと額の汗を拭った。

ここまで来るだけで、思わぬ苦労をしてしまった。

まさか、自分がこれほど高いところが苦手だったとはな。

気づいていなかった自分の弱点に、ちょっぴり嫌気がさす。

次からはこうならないように、気をつけないといけないな。

「姉さん、ありがとう。助かったよ」

「……弟だからな、助けるのは当然だ」

そう言うと、姉さんは俺にひょいっと何かを投げてよこした。

手にしてみれば、それは飴玉《あめだま》だった。

綺麗《きれい》な赤い包み紙に入っていて、爽《さわ》やかな林檎《りんご》のような香りがする。

「舐《な》めるといい、気分が落ち着くぞ」

「ありがとう。へぇ、姉さんもこういうの食べるんだ」

「……甘党で悪かったな」

照れくさそうにそう言うと、姉さんはスッと俺に背を向けた。

別にそんな恥ずかしがるようなことでもないのに。

甘いものの一つや二つ、持ち歩いていても別に不思議じゃないような。

特に中年のご婦人方とか、だいたいカバンに何かを入れているよね。

「さて、そろそろ測定をしましょうか」

俺が落ち着いたところで、ニノさんが切り出す。

じゃあ、始めるとしようか。

マジックバッグの中から魔力測定器を取り出すと、たちまち赤い光を放った。

これは……聞いていたのとは明らかに異なる反応だぞ。

そのまがまがしささすら感じさせる輝きを見て、クルタさんたちも顔をしかめる。

「これは、結構ヤバそうな感じがしてきたね」

「相当に魔力が濃いようだな。言われてみれば、空気が重いような気がしないでもない」

「先を急ぎましょうか。早いうちに調べた方がいいですよ」

「そうだな。よし、行くぞ！」

そう言うと、姉さんは再び俺の手を握った。

谷底まであと半分。

高度が低くなってきたので、先ほどまでよりかはいくらか楽に進める。

「これは……測定するまでもないですね」

やがて谷底が近くなってくると、空気中にうすい靄《もや》のようなものが漂い始めた。

これは……魔力だな。

濃度が高すぎて、一部が実体化してしまっているようだ。

シエル姉さんから知識としては聞いていたが、まさか実際に目にすることになろうとは。

自然にこのような状態が発生することなんて、普通はあり得ないのに。

「明らかに異常事態っぽいね。何が起きてるんだろ？」

「さあ……とにかく降りてみましょう」

幸か不幸か、靄で下があまり見えないせいで恐怖心が軽減された。

俺たち四人はさらに速度を上げると、そのまま谷底へと到着する。

切り立った崖に囲まれた底は、昼だというのに薄暗かった。

さらに立ち込める靄が不気味さを増幅させている。

どこからか響く鳥の鳴き声が、ひどく恐ろしいものに聞こえた。

まるで、この世ではないどこかへと迷い込んでしまったようだ。

「ちょっと待ってください。ブライト！」

掌《てのひら》から光の球が浮かび上がる。

たちまち周囲が照らされ、ごつごつとした岩肌や赤茶けた地面が露《あら》わとなった。

俺はすぐさまマジックバッグから測定器を取り出す。

すると――。

「色が……どんどん変化している？」

「測定限界を超えてるって感じだね」

点滅《てんめつ》を繰り返しながら、青から赤まで色を変えていく測定器。

魔力が高すぎて、上手《うま》く動作していないようだ。

やがてその色は、虹《にじ》を結晶化させたような禍々《まがまが》しくも美しい色合いとなる。

「これは……明らかにまずいな」

「ええ。ギルドに報告する前に、もうちょっと詳しく調べた方がいいですね。どう見ても、ここで何か起こってますよ」

「調べるといっても、何かできるんですか？」

「この測定機を改良すれば、もっと詳細なことがわかると思いますよ」

「改良って、そんなことやれるのかい？　その測定器、かなり複雑だよ？」

目を見開き、驚いた顔をするクルタさん。

そう……なのだろうか？

魔道具としては、結構無駄が多いものに見えるんだけどな。

シエル姉さんに見せたら、即座にガラクタ扱いするレベルだろう。

使われている水晶などの質はいいが、肝心の術式が全くなっちゃいない。

たぶん、これを作った魔法使いはかなりの初心者じゃなかろうか。

俺でも簡単に手を加えられるレベルだ。

「三十分もあれば、魔力の流れなんかをもっと詳細に調べられるようにできますよ。そんなに難しいことじゃないです」

「おお！　さすがだな、ジーク！」

腕組みをしながら、なぜか満足げにうなずくライザ姉さん。

いや、何で姉さんが得意げなんだ？

これを教えてくれたのはシエル姉さんなんだけども。

いろいろできる弟が誇らしいとか……なのかな？

いやぁ、ライザ姉さんに限ってそれはないと思うんだけど。

「じゃあ、作業をするのでちょっと距離を取ってもらえますか。人が近くにいると、魔力が乱れちゃうので」

「ええ、わかりました」

俺からサッと距離を取る一同。

俺はすぐさま地面に魔法陣を描くと、術式の改良に取り掛かるのだった――。


―○●○―


「ふぅ……これでだいぶマシになりましたね」

術式にあれこれと手を加えること三十分ほど。

測定器の改良に成功した俺は、みんなを呼び戻して額の汗を拭った。

これで、あとは周囲の魔力を探るだけだな。

俺は測定器を掌に載せると、その場でぐるりと一回転する。

すると測定器に灯《とも》っていた光の強さが、場所によって細かく変動した。

よっしゃ、これであとは光の強い方向を探れば魔力の発生源とかがわかるぞ！

「……本当に改良できましたね。驚きです」

「基本中の基本だと思いますけど」

「そんなことできるのは、賢者ぐらいじゃない？」

それはさすがに言いすぎじゃないか？

俺の改良にしたって、本物の賢者のシエル姉さんに言わせればまだまだだと思うぞ。

姉さんならきっと、魔力の大きさを具体的に数値化したりとかできると思う。

前に似たようなものを作った時は、測定途中で爆発《ばくはつ》しちゃう欠陥品が出来たけど。

あれはまあ、例外だろう。

「とにかく、これで魔力の発生源を突き止めに行きましょう。この状況はさすがに放置できません！」

「そうだね、急ごう」

「ああ。いざという時は私が守るからな」

こうして俺たち四人は、魔力の流れを探って谷の奥へと進むのだった。

——○●○——

「こっちですね。反応がだいぶ強くなってきましたよ」

測定器で魔力の流れを探りながら、ゆっくりと谷底を進んでいく。

次第に空気の質が変わってきたのを、肌でも感じることができた。

しっとりとしている、とでも言えばいいのだろうか。

空気が粘性を帯びて、さながら薄い水か何かのようだ。

どことなく、息苦しい感じすらする。

「ん？　あれは……何だ？」

前方を指さし、眉間《みけん》に皺《しわ》を寄せる姉さん。

見れば、岩壁の一部が赤く光っている。

いったい何だろう？

近づいてみると、赤くて半透明をしたゼリー状の物体が壁に張り付いていた。

それが、淡い光を放っているのだ。

「スライム……ですかね？」

「でも、スライムだったら青か緑じゃないかい？」

「赤いのは私も初めてですね、東方にも滅多《めった》にいない種だと思います」

異様な姿をしたスライムに、不思議そうな顔をするクルタさんたち。

俺はすぐに黒剣を引き抜くと、その切っ先で慎重にスライムに触れてみた。

――ニュルンッ!!


波打つようにして、スライムは剣から逃れようとした。

その動きはかなり速かったが、対応できないほどではない。

俺はそのままスライムの一部を切り取ると、聖水の瓶《びん》に詰める。

この間、シスターさんから貰《もら》った分がまだ余っていた。

聖なる気が微《かす》かに残っているこれならば、スライムもそうそう悪さはできないだろう。

「うーん、見たところスライムですけど……強い魔力を感じますね。測定器も反応してます」

「もしかすると、この谷の異変と何か関《かか》わりがあるのかもしれんな」

「ええ。研究所の人が来たら、見てもらいましょう」

魔物研究所の人なら、さすがにこいつの正体がわかるだろう。

ひとまずスライムの入った瓶をマジックバッグにしまうと、俺は改めて谷の奥を見やる。

するとポツポツとまばらな模様のように、赤い光が続いているのが見えた。

どうやらこいつら、かなり繁殖しているようだ。

あんまり、生理的に気持ちがいい光景ではないな。

「……なんだか気味が悪いねぇ」

「ちょっと嫌な予感がしてきました」

「スライムは、剣だと倒すのが面倒だからな……」

姉さんの眉間に皺が寄る。

スライムは斬《き》っても死なない魔物だから、剣との相性《あいしょう》は最悪に近い。

というか、面倒以前に普通の剣士ではまず勝てないだろう。

姉さんの場合、斬れなくても剣圧で消し飛ばしてしまうのだろうけど。

それにしても、あまりにも数が多いと倒しきれない。

「もっと奥へ行ってみましょう。何かありますよ、これは」

「ああ。だが、気をつけるんだぞ。私も、クルタたちと同じように胸騒《むなさわ》ぎがする」

真剣な表情で、皆に注意を促す姉さん。

俺たちはその言葉にうなずくと、ゆっくり慎重に歩を進める。

仄暗《ほのぐら》い谷底は非常に静かで、俺たち四人の足音だけが響いた。

それがまた不気味で、ぞわぞわとした形容しがたい感情が湧《わ》き上がってくる。

普通、こうした場所は魔物の巣になっていることが多い。

スライムのほかに生命の気配がしないというのは、明らかに異常であった。

こうして、静かに歩き続けることしばし。

やがて俺たちの眼《め》の前に――。

「……デカイ！」

「これは、ずいぶんとまた育っちゃったみたいだねぇ……！」

谷の最奥、行き止まりに当たる部分。

そこに恐ろしく巨大なスライムが鎮座していた。

おいおい……何なんだこれは？

二階建ての家ほどもあるそれは、とてもスライムの大きさではなかった。

もっと不気味でおぞましい何かのように見える。

俺だけではなく他のみんなも初めて見るのか、大いに驚いた顔をしていた。

「こいつが、谷の魔力の原因かもしれないですね。凄《すご》い魔力を帯びてますよ」

「これはさっさと倒した方がいいかもね」

「ええ。これほどの大きさ、私も初めてです」

「俺が焼きましょう。スライムには炎が一番効きますから」

俺は黒剣を構えると、刃《やいば》に魔力を通した。

そしてスライムのちょうど中心を捉《とら》えると、上級炎魔法グラデ・フランムを発動する。

谷間に朗々と響く詠唱、集約されていく魔力。

たちまち紅《くれない》の炎が大地から噴き上がり、巨大な火柱がスライムを呑《の》み込《こ》んだ。

溢《あふ》れた熱気が俺たちの方にまで伝わってきて、肌が焼けつくようだ。

しかし――なかなか燃えない。

これだけの火力なら、普通のスライムなら十秒も持たないはずなんだけどな。

消し炭になるどころか、炎を呑み込もうとしているような感じすらある。

「……大きいだけあって、なかなか耐久性がありますね」

「一度、撤退した方がいいかもしれません」

「そうだね。気味が悪いよ」

「なーに、図体《ずうたい》だけだろう。切り分けてしまえばいいんじゃないか？」

剣に手をかけながら、自信満々に言う姉さん。

確かに、細かく切ってしまえば火力不足の問題は解消されそうだ。

俺は彼女の言葉にうなずくと、すぐに場所を譲った。

姉さんはぬらりと剣を抜き放つと、巨大スライムに対して正眼《せいがん》の構えを取る。

さすが剣聖、構えただけで周囲を威圧するような気迫が溢れた。

「ゆくぞ……はあああぁっ!!」

――神速。

残像によって、剣が分裂した。

わずか一秒にも満たない間に、繰り出された無数の斬撃《ざんげき》。

真空の刃が幾重にも折り重なりながら、スライムに向かって飛んでいく。

たちまち、巨大な粘性の塊が数えきれないほどに分割された。

全く恐るべき早業《はやわざ》だ。

俺はすかさず、火炎でそれらを焼き払おうとするのだが――。

「ギュイイイイッ!!」

「わっ⁉　急に動き出した⁉」

「あつっ!!」

小分けされたスライムたちが、一斉にこちらを威嚇《いかく》するように蠢《うごめ》いた。

それと同時に、水鉄砲のように何かが発射されてくる。

まさしく雨のように降《ふ》り注《そそ》いだ液体。

それに触れた途端、肉を焼くような音とともに激痛が走る。

ヤバい、酸だ!!

それもかなり強力だぞ！

あっという間に服に穴が空いたのを見て、思わず顔が引きつる。

こんなの食らってたら、骨ごと溶けちゃうぞ！

「お前たち、ここは私に任せて逃げろ！」

「で、でも……！」

「いいから早くいけ！」

スライムの嵐《あらし》を剣で弾《はじ》きながら、姉さんが言う。

ぐ、ここはそうするより他はないか……！

俺の剣術では、この数のスライムを捌《さば》くことはとてもできそうになかった。

かといって、風魔法なんて使ったらスライムが飛び散ってさらにひどいことになるだろう。

「わかりました！　姉さん、必ず戻ってきてくださいね！」

「私を誰だと思っている！　心配なんてしなくていい！」

「ありがとう！　あなたのことは忘れません」

「だから、仰々《ぎょうぎょう》しい別れの挨拶《あいさつ》などいらないぞ！」

姉さんに促され、俺たち三人はひとまずその場から離脱した。

そして、待つことしばし。

無事に殿《しんがり》を果たした姉さんが、こちらへ戻ってきたのだが……。

「……まったく、ひどい目に遭った」

「姉さん、服！　服っ!!」

「へっ？　……ああああっ!!!!」

顔を真っ赤にして、悲鳴を上げる姉さん。

彼女の着ていた鎧。

その一部が溶け落ち、大胆にも下着が露わになってしまっていた――。

第三話

飛び出す姉

「そんなスライムがいたとは。新種でしょうかねぇ……」

顎《あご》に手を当てながら首をひねった。

翌日の夕方。

俺《おれ》たちの報告を聞いた受付嬢さんは、顎《あご》に手を当てながら首をひねった。

ギルドの職員としてそれなりに魔物に詳しいであろう彼女でも、初めて聞く種類のようだ。

よほど珍しい種か、はたまた新種か。

詳細を知るには、魔物研究所の人たちが到着するのを待つしかなさそうだ。

「情報料ということで、後で報酬が上乗せされるようにマスターに伝えておきます」

「ああ、頼むぞ。あのスライムのせいでひどい目に遭ったからな……！」

拳《こぶし》を握りしめ、怒りを露《あら》わにしながら語る姉さん。

スライムごときに大事な鎧《よろい》を壊されたことが、相当に癇に障ったらしい。

幸い、同じ鎧の予備があったので困っているわけではないのだが……。

昨日からずっとこの調子である。

一流の武人ほど武具にはこだわるものだから、姉さんもあの鎧が気に入っていたのだろう。

「できるだけ早く、あれの討伐《とうばつ》依頼を出してくれ。私が受ける」

「ですから、剣であのスライムを倒すのはいくらなんでも無理ですよ」

「私を誰《だれ》だと思っている！　あの時は油断しただけだ、本気を出せば何とかなる！」

「そんなことしたら、山が崩れちゃいますよ！」

ライザ姉さんが完全に本気を出せば、あのスライムをまるっと吹き飛ばすことだって不可能ではないだろう。

でも、相手のいる場所が悪すぎた。

あの深い谷底でそんなことをしようものなら、谷が崩れて生き埋めになってしまう。

「ぐぐぐ……！　ならばジーク、お前があれを倒してくれ。この姉の仇《かたき》を討《う》ち果《は》たすのだ！」

「仇とはまた大げさな……」

俺がそう言うと、姉さんの眼《め》が大きく吊《つ》り上《あ》がった。

彼女は頬《ほお》を膨らませながら、腰に手を当てて言う。

「お、男のお前にはわからんのだ！　肌を晒《さら》された女の気持ちが！」

「は、はぁ……」

「私だって、人並みに羞恥心《しゅうちしん》はあるんだぞ！　ガサツだの脳筋だのと言われるが――」

話が次第に脱線していく姉さん。

あれこれと溜《た》まっていたものがあるのだろうか。

不満が次から次へと出るわ出るわ……。

やっぱり姉さんも、ちゃんと年頃《としごろ》の女の子だったってわけか。

……いやまあ別に、俺は姉さんのことをそこまでガサツだとかは思ってないけど。

「だからー！　ジーク！　必ずあのスライムを討伐してくれ！」

「そうは言われても、俺にもあれを倒す方法はないよ」

「む？　魔法でどうにかならないのか？」

「なるなら、ギルドに戻ってくる前に倒してるって」

あのスライムを倒すには、圧倒的な大火力で一気に焼き払うしかない。

少なくとも上級魔法の一段階上、超級魔法でなければ厳しいだろう。

けど、俺はまだ超級は使うことができない。

賢者のシエル姉さんですら「割と難しい」という領域だからね。

それにあの異常なまでの耐性だと、超級でも行けるかどうか……。

「ううむ……！」

「研究員の方なら、このスライムの弱点などもわかるかもしれません。ひとまず、それを待たれてはどうでしょう？」

「それもそうだな。致し方あるまい」

「ちなみに、その研究員の方はいつ到着する予定なんですか？」

ニノさんが尋ねると、受付嬢さんは少し困った顔をした。

彼女は顎に人差し指を当てながら、うーんっと唸《うな》る。

「実はそれが……かなり遅れていて。いつになるか正確にはわからないんですよ」

「まさか、まーたグダグダと予定がつかないのかい？　あそこの動きが遅いのはいつものことだけどさ」

「いえ！　今回は魔族がらみですしそのようなことは。すでに出発したとの連絡はしっかりいただいてます」

「じゃあ、道中で何かあったと？」

「ええ。まだ詳しい連絡が届いていないので、何とも言えないのですが。ひょっとすると、途中で何かに巻き込まれているのかもしれません」

そりゃまた、何とも厄介な……。

俺たちが呆《あき》れていると、姉さんが一歩前に進み出た。

「だったら、私が迎えに行こう」

「いいのですか？」

「ああ。あのスライム討伐のためだからな！」

「わかりました。では、研究員さんの特徴をまとめますね！」

そう言うと、受付嬢さんはメモ用紙をちぎってサラサラッと記していく。

職業柄、こういうことには慣れているのだろうか。

なかなかよく、特徴がまとまっている。

ふむふむ……見た目年齢は十代後半。

黒髪で小柄、丸縁の眼鏡《めがね》をかけていて名前は「ケイナ」さんか。

けど、いくら情報があっても捜索範囲がちょっと広すぎるよなぁ。

探索のプロでもない俺たちが、見つけられるとは思えない。

「このケイナと最後に連絡が取れたのはどこなんだ？」

「マリーベルの街ですね」

「よし、では行ってくる」

「え？　あ、ちょっと⁉」

止める暇もなく、ギルドを出て行ってしまう姉さん。

行動力あるなぁ……って、そうじゃなくて。

いきなり飛び出していくって、さすがにちょっとびっくりだよ！

だいたい、いったいどうやってその研究員さんを見つけるつもりなんだ⁉

「あちゃー。どうしよ、追いかける？」

「……こうなったら、待つしかないでしょう。俺じゃ、姉さんの足には追い付けないです」

お手上げと両手を上げると、クルタさんはニノさんの顔を見た。

しかしニノさんもまた、ぶんぶんと首を横に振る。

「私でも、さすがにライザさんに追い付くのは無理ですね。あの人、私と比べても三倍ぐらいは足が速いです」

「だよねえ。……マリーベルまでだと、ここから十日ぐらいか。さすがに途中で頭を冷やして戻ってくるんじゃないかな？」

「だといいんですが。しかし姉さん、本当にショックだったんだなぁ……」

弟とはいえ、若い男に肌を見られたのはそれだけ大きなことだったんだろう。

姉さん、あれで貞操観念とかはガッチガチの人だし。

やっぱり俺の方からも、機嫌を直してもらえるように何かすべきかな。

元はといえば、切り分ければ行けると判断した俺にも非はある。

あそこでしっかりと止めておけば、問題は起きなかったのだ。

「うーん、何か機嫌を直してもらうような方法はないですかね？」

「それは……なかなかねぇ」

「案外こういうのって、人によって違ったりしますから」

腕組みをしながら、悩むクルタさんたち。

そうしていると、不意に背後から声が聞こえてくる。

「よう！　どうしたんだ、今すげえ勢いでライザが出て行ったが……」

「ロウガさん！」

話しかけてきたロウガさんに、俺はポンッと手をついた。

そうだ、彼ならば知っているかもしれない。

大人の男性で、なおかつ女性関係でいろいろ苦労していそうな彼ならば。

「あの、折り入って相談があるんですけどいいですか？」

「おう、なんだ？　おじさんが何でも答えてやろう」

別のパーティでの依頼がうまくいったのか、ひどくご機嫌なロウガさん。

その姿が、今日はなんだかとても頼もしく見えた――。


――○●○――


「そいつはまた厄介なことになってんなぁ……」

「簡単な依頼だと思っていたら、やられちゃいました」

「もし俺がいたら、その酸もこの盾で防げたかもしれんなぁ。運がない」

事の次第について大まかな説明を受けたロウガさんは、やれやれと肩をすくめた。

なぜそんなにトラブルに巻き込まれるのか、とでも言いたげだ。

それについては、むしろ俺だって聞きたい。

家を出てからというもの、何かと事件に遭遇してしまっている。

……ちなみにロウガさんの方は、本人の機嫌から察する通り無事に依頼を達成したらしい。

これで彼も、Aランクまであと一歩というところまで近づいたわけだ。

この調子ならば、来月か再来月ぐらいにはあっさりと到達してしまうかもしれない。

順調そうで、うらやましい限りだ。

「それでライザの機嫌を取るのに、何かいい方法はないかって聞きたいわけだな？」

「ええ。ロウガさんならこういうこと慣れてるんじゃないかなって」

「ははは！　任せたまえ、少年よ！」

胸をドンと叩《たた》いて、ウィンクをするロウガさん。

白い歯がキラリと輝き、何ともいえない存在感を醸《かも》し出《だ》す。

……あまりにも自信のある様子が、逆にちょっと不安になってきた。

ま、まあここはロウガさんを信じていこう！

「……それで、どんな方法なんです？」

「機嫌を損ねた女には、心の籠《こも》った贈り物をするって昔から決まってるぜ。お前も判断ミスを悪く思ってるならなおさらだ」

「要は貢《みつ》げということですね？」

「そうそう、それでジェニファーちゃんも落とした……って！　言い方!!」

辛辣《しんらつ》な物言いをするニノさんに、たまらずツッコミを入れるロウガさん。

相変わらず、仲の良い二人である。

こうやって見ていると、本当にしっかり者の娘とダメなお父さんって感じだな。

……おっと、ダメっていうのは失礼だったか。

「まあ、贈り物をするってこと自体にはボクも賛成かな。理由はどうあれ、されて嫌な女の子はいないだろうし」

「だろ？」

「けど、何を贈るかが問題だね。それについて案はあるのかい？」

「それなら、防具を贈ればいいんじゃねえか？　スライムに溶かされちまったんだろ。そいつを修理して、もとよりすごい防具にして返すんだ」

「なるほど！　それはいいアイデアですね！」

「あの鎧の修理と強化となると、だいぶ高くつくだろうがな。けど、今のジークの稼ぎなら問題ないだろ」

もろもろ含めて、いま俺の手元には一千万程のお金がある。

さすがにこれだけあれば、代金には困らないだろう。

一から購入するよりは、さすがに相場も安かったはずだし。

「じゃあ、明日バーグさんのお店に行きましょうか」

「ん？　親父《おやじ》の店は防具は取り扱ってないぜ」

「え、そうなんですか？　参ったな、他にいいお店は知らないんですけど……」

この街のお店というと、バーグさんのとこぐらいしか出かけたことないからなぁ。

この機に新規開拓してみてもいいが、さすがに姉さんへのプレゼントで失敗したくはない。

すると黙っていたクルタさんが、何かを思い出したように語る。

「うーん、そうだねぇ……。ボクのおすすめはオルトさんの店かな」

「オルトさん？　はて……」

どこかで名前を聞いたことがあるような、ないような。

喉《のど》に小骨が引っかかったみたいな感じで、ちょっと気持ち悪いな。

あともう少しで何か思い出せそうなんだけども。

「この街ではかなり手広くやっている防具屋さんですね。自作はもちろん、色んな街を回って最新の防具を仕入れているとか」

「あ、そうだ！　最初に会った商人さん！」

ポンッと手を叩《たた》く俺。

そうそう、オルトさんといえばこのラージャに来る途中で会った商人さんである。

俺を見込んで、ギルドに推薦してくれた人だ。

近いうちにお店へ行こうと思っていたけど、いろいろあってすっかり忘れてしまっていた。

「知り合いなのか？」

「ええ、ちょっとお世話になった人です。店を訪れるつもりだったんですけど、うっかり忘れちゃってて」

「なら、なおさらいい機会じゃねえか。その店にしっかり金を落としてやろうぜ」

うん、それがいいかもしれない。

お世話になったのに、今まで全然恩返しできてないしな。

俺がスムーズに冒険者になれたのも、オルトさんの推薦状があったからだ。

それで挨拶《あいさつ》に行っていないのは、今思うと結構な不義理をしてしまっている。

「私が案内しましょう。何度か行ったことがありますから」

「それは助かります！　じゃあ、明日ギルドに集合ってことでいいですか？」

「はい、構いません」

こうして俺たちは、オルトさんの店へと向かうこととなったのであった。


――○●○――


「ふふ……これは意外とチャンスかもしれないなぁ」

皆が立ち去った後のこと。

ギルドに一人残ったクルタは、酒をちびりちびりと飲みながらつぶやく。
ジークを攻略するうえで、最大の難関であった姉のライザ。
それが一時的にとはいえ街を離れるのは、クルタにとっては好都合であった。
「明日の買い物、いろいろと楽しみだねぇ」
ニヤッと目元をゆがめるクルタ。
彼女はメモ帳を取り出すと、ああでもないこうでもないと考えをまとめ始める。
こうしてこの日の夜は、穏やかに過ぎていくのであった。

間話　シエルの長い長い旅路

時は遡《さかのぼ》り、ライザが街を飛び出していく数日前のこと。

ラージャの街の東、大陸を流れる大河ロナウのほとりにダームの街はある。

古くから河を利用した交易で栄えた場所で、ラージャにも匹敵《ひってき》する規模の都市だ。

この街の入り口にあたる港で、シエルは怒っていた。

「まだ船が出せないってどういうことよ？」

大河ロナウに橋はない。

港から出る連絡船によってのみ、両岸の行き来ができる。

しかしその大事な船が、かれこれ三日ほど欠航を続けていた。

天気は晴れ、気候は穏やかであるにもかかわらずだ。

「それが、街の近くの水域に魔物が住み着いてしまいまして」

「三日前にも聞いたわ。まだ退治できないわけ？」

「魔物の住処《すみか》がどうにも絞れんのですよ。ちょうど、魔物研究所の研究員だって人が街に来ていたので、協力してもらってはいるのですが……」

シエルの剣幕にたじろぎながらも、事情を説明する船長。

彼らとて、船が出せないのは死活問題である。

相当の金額を積んで地元の冒険者たちに動いてもらっていたが、結果は芳《かんば》しくなかった。

敵となる魔物は河中に大量発生しているが、その動きが非常に速く、後を追って住処にたどり着くのが難しいのだ。

「研究所の方によれば、あと三日ほどあれば住処の特定はできるとか。そうすれば、ギルドの冒険者たちが倒してくれるでしょう」

「三日！　そんなに待てないわよ！」

「そうおっしゃられても、私どもの方では何とも」

「むむむ……!!」

できるだけ早く、事件が起きたというラージャに着かねばならないのに。

何という間の悪いことであろうか。

シエルの眉間《みけん》に深い皺が刻まれ、顔つきがますます険しくなる。

「ライザ姉さんは連絡取れないし、いったいどうなってるのよ……！」

フィオーレ商会を通じて、事前にラージャにいるというライザと連絡を取ろうとしたシエル。

しかし、先方の支店からは連絡が取れないという報告がきた。

理由については定かではないが、自ら連絡を絶っているらしい。

商会の方から接触を取ろうとしても、それとなく避けられてしまう状態だそうだ。

「ノアがひょっとして何かに巻き込まれているかもしれないっていうのに……！　ええい……もどかしいわね！」

ライザが動いたということは、ラージャ周辺で何か異変が起きた可能性が高い。

そして、それにノアが巻き込まれている可能性もまた高かった。

ノアはあれでも、かなり正義感の強い性格である。

身の回りで事件が起きれば、積極的に解決のために動くことだろう。

ノアの実力ならば、並大抵のことは大丈夫なはずだが……。

もし、強力な魔族か何かに遭遇してしまったら。

想像するだけでも、身体が震えてくる。

「それにライザ姉さん自身も、あれで抜けてるとこ多いから心配なのよね……」

ふうっとため息をつくと、今度はライザのことを考え始めるシエル。

彼女の剣士としての実力に疑う余地はない。

たとえドラゴンが相手であろうと、一刀のもとに斬《き》り伏せるであろう。

しかしその反面……頭の方はあまり良くない。

前も、屋敷に泥棒を招き入れようとした前科がある。

――俺《おれ》だよ俺、アエリアさんの知り合いだよ！

見知らぬ男にこう言われて、あっさり騙《だま》されてしまったのだ。

クールな性格を装っているが、根はお人よしの脳筋なのである。

「……思い出したら、やっぱり不安だわ。ねえ、運賃はいくらでも払うわ。それでもダメ？　魔物が出てきたときは私が退治するし」

「そう言われましても。こちらとしても、お客さんに何かあったときに責任が取れませんから」

「自分で無理言っておいて、別に後で文句言ったりしないわよ」

「それでもダメです。お客さんに怪我《けが》をさせたとあったら、うちの信用に関《かか》わります」

断固とした態度で、シエルのお願いを拒否する船長。

街の方針から、連絡船を運行する業者の数は多い。

前に複数の業者が談合して、運賃を不当に釣り上げたことがあるからだ。

そのような経緯から、現在では業者間の競争は激しくなるように設定されている。

いくら客からの要望があったとはいえ、事故を起こしたとあればすぐにライバルに潰《つぶ》されてしまうのだ。

「ねえ、他に乗せてくれる船はないの？　百万ゴールド払ってもいいわ！」

「……それだけ積まれてもねぇ」

「事情があるんだろうが、金の問題じゃあねえんだよな」

必死に訴えるシエルから、そっと目をそらす船着き場の男たち。

どうやら彼らはシエルのことを、世間知らずのお嬢様とでも思っているようであった。

そのどこか「わかってないな、お嬢ちゃん」とでも言いたげな態度に、シエルはますますいら立ちを覚える。

そして――。

「もう、しょうがないわね！　その魔物研究所の研究員ってのはどこにいるの？」

「それなら、冒険者たちと一緒に河の上流へ調査に出てるはずだ。結構な集団だから、探せばすぐ見つかると思うぜ」

「そう！　じゃあ、調査を急ぐように直談判《じかだんぱん》してくるわ！」

「おいおい、本気か？　そんなことしても、変わらないと思うぜ？」

止めようとする船長らを振り切り、その場を後にするシエル。

彼女はそのまま、研究員のいるという河の上流へと急ぐのだった。


――○●○――


「あれね、間違いないわ」

ダームの街から、河に沿って歩くこと小一時間ほど。

魔力探知も駆使しながら研究員たちを探していたシエルは、ようやくそれらしき集団を発見した。

冒険者たちを護衛につけた白衣の少女が、河を見ながら何やら腕組みをして唸《うな》っている。

さらにその周囲には、調査用の機材と思《おぼ》しきものが乱雑に置かれていた。

まず間違いなく、研究員とその護衛の冒険者だろう。

「計算だとこのあたりのはずなんやけどなあ。ううーん、おかしなもんやわぁ」

眉間に皺《しわ》を寄せながら、つぶやく少女。

シエルはすぐさま、彼女に向かって声を張り上げる。

「ねえ、ちょっと！　あなた、もしかして魔物研究所の研究員さん？」

「ん？　せやけど……あんた誰《だれ》や？」

不意に見知らぬ人物に声をかけられ、不信感を露わにする少女。

護衛の冒険者たちも、武器に手を掛けながらすぐに少女の周囲を固めた。

それを見たシエルは、すぐさま両手を上げて敵意がないことをアピールする。

「私はシエル、魔物のことで相談があってきたのよ」

「相談？　ひょっとして、町長さんの使いの人なん？」

「違うわ。私自身があなたに提案があって」

「提案って……あんたが？」

少女は目を細めると、シエルの身体を上から下まで値踏みするように見た。

するとシエルは、胸元《むなもと》から金色の勲章を取り出す。

国王直々に授与された、賢者号を示すものだ。

それを突き付けられた少女は、たちまち目を剝《む》く。

「わっ⁉　け、賢者様⁉」

「ええ。賢者シエル、聞いたことない？」

「あ、あります！　有名人やないですか、あわわわわわ！」

慌てふためく少女。

それを見た護衛の冒険者たちも、すぐさま身を引いて頭を下げた。

シエルはうんうんと満足げにうなずくと、そのまま河辺に近づいて言う。

「魔物の探索がうまく行っていないようね」

「はい、数が多すぎる上に動きが速くて どうにも。このあたりってとこまではわかってるんですが……」

「そこから絞り込むのにどれぐらいかかるの？」

「だいたい五日ほど。賢者様の力を借りられれば、もう一日ぐらいは何とか」

「何よそれ、延びてるじゃない！」

聞いていた話よりも長い日数に、すぐさまシエルは声を大にした。

五日も待ちぼうけを食らっていては、その間にノアの身に何が起こるかわからない。

シエルのあまりの剣幕に、少女はたまらず身を小さくしながら言う。

「そ、それが。魔物の逃げ込んだ場所が、よりにもよって一番流れの速い場所で。迂闊《うかつ》に近づくことさえできないんです……」

そう言うと、少女は河の中ほどを指さした。

水面から突き出した大岩が、水流を割いて白い飛沫《しぶき》を上げている。

その周囲では、逆巻く渦が轟々《ごうごう》と唸《うな》りを上げていた。

この場所は、大河ロナウの川幅が山によって狭くなっている地点。

そのため豊富な水量が一か所に集中して、激しい流れを生み出しているようだ。

「なるほど、確かにこれじゃいろいろと大変ね」

「ええ。魔物たちもそれを見越して、ここを住処にしとるみたいで。こっちも何とか頑張ってはみたんですけど、どうにも」

少女は困ったように後頭部を掻《か》きながら、河辺に積まれた樽《たる》を指さした。

樽には船窓のような円いガラスが嵌《は》め込《こ》まれ、さらに蓋《ふた》の部分から太い管が伸びている。

どうやらこれは、簡易的な潜水器具のようだ。

「もしかして、これで河の中に入ったの？」

「なかなか埒《らち》が明かないもんですから。結構楽しいですよ、酔いますけど」

「大した行動力ね……。さすが魔物研究所の研究員」

「ふふふ、魔物がいるとあらばたとえ火の中水の中ですから！」

腕まくりをしながら笑う少女。

それを見たシエルは、やれやれと苦笑した。

魔物研究所がどういう組織であるかは、彼女もよく知っている。

研究に使う資料の調達を、魔法研究所に依頼することもあるからだ。

「しかし、こうなるといよいよ困ったわね。何とか一時的にでも、魔物をおとなしくさせる方法はないものかしら」

「なんか、急いで向こうへ渡りたい用事でもあるんですか？」

「ええ。今すぐにあっちへ行かないと、きっと大変なことが起きるわ。私たちにとっては、まさしくこの世の終わりにも等しいことが……！」

双眸《そうぼう》を細め、青ざめた顔をしながら告げるシエル。

その堅く握られた拳《こぶし》は震え、事態の深刻さを大いに物語っていた。

――賢者様がこんなに震えるとは、いったい何が起きているのか。

少女は自身のもとに送られてきた緊急の依頼を思い出しながら、ごくりと唾《つば》を呑《の》んだ。

ひょっとすると、魔族関連で世界に関《かか》わるような大事が起きているのかもしれない。

もしそうだとするならば、この場は何が何でも進んでもらわねばならないだろう。

少女はしばし逡巡《しゅんじゅん》すると、やがて覚悟を決めて言う。

「……そういうことなら、一つだけ方法が。うまくいくかもわかりませんし、うちがここに残る必要もあるんであまり提案したくなかったんですけど」

「どういうやり方なの？　多少危なくてもやるわ、言って！」

「ええっと。まず、いま問題になっている魔物について説明させてください」

そう言うと、少女は冒険者たちの方を見てクイクイッと手招きをした。

彼女の言わんとすることを察した冒険者は、樽の隣に横たわっていた大きな魚のような生物を運んでくる。

シエルはてっきり、魔物を調査するついでに邪魔な魚を捕ったのかと思っていたのだが。

そういうわけではないようであった。

「これが、最近このあたりを脅かしとるアーマーフィッシュです。頭に角みたいなんが生えとるでしょう？　これで船に体当たりして、そこに穴を空けてしまうんですよ」

「へえ、こいつがねえ……」

「しかも、数がとにかく多いんです。この周辺だけでも、数万単位でおるでしょう。せやから、普通は巣を見つけて一網打尽にせんとアカンのですけど……」

「ですけど？」

「こいつらの動きを、一時的にですが制限することができるんです。魔物といっても、こいつらは基本的に魚ですから、温度が低下するとほとんど動けなくなります。せやから、この大河

「船が出せるってわけね？」

「ええ。ただ、あくまでも一時的に動けんようにするだけなので根本的な解決にはなりません。なので、監視のために私はここへ残ることになります。それに、この大河ロナウを冷やし切るとなると……さすがの賢者様でも、かなり骨が折れるでしょうねぇ」

不安げな顔をしながら、川面《かわも》を見つめる少女。

狭くなったとはいうものの、元が大陸でも屈指の大河である。

その水量は凄まじく、向こう岸は遥《はる》かに霞《かす》んで見える。

それを冷やすのは、膨大な魔力量を誇る賢者といえども困難なはずだ。

しかし――シエルは自信ありげな顔でうなずく。

「それなら平気よ、任せなさい」

「ほ、ほんまですか⁉」

「私を誰だと思っているの？　賢者シエルよ」

ドンッと胸を張ると、高らかに宣言するシエル。

彼女は足を肩幅に広げると、そのまま川面を見据えた。

――すうぅ、はあぁ……！

大きく深呼吸をして呼吸を整えると、シエルは杖《つえ》を構える。

そして驚くほど手早く緻密《ちみつ》に、空中へ魔法陣を描き出した。
宙を走る光線が、たちまちのうちに複雑な文様へと変化する。
二重……三重……幾重にも重ねられた魔法陣が、美しくも妖《あや》しい光を放った。
膨大な魔力が集中し、にわかに風が吹き始める。
やがて杖の先端がひときわ強烈な光を放ち始めたところで、シエルは力強く叫ぶ。
「グラン・ジョリ・ジーヴル‼」
瞬間、世界が凍った。
対岸が霞んで見えるほどの大河ロナウ。
その激しく膨大な水の流れを、青い氷がさながら閃光《せんこう》のごとく駆け抜ける。
時間にして、およそ数十秒。
河の中心に神々しく輝く巨大な氷山が出現した。
その大きさときたら、山の上に小さな城ぐらいなら建ちそうなほどである。
そこから溢《あふ》れ出した冷気が周囲を覆《おお》いつくし、たまらず少女たちは身を震わせる。
彼女たちは吐く息を白くしながら、突如出現したあまりに非常識な光景に目を剝いた。
いったいどれほどの魔力を注《そそ》げば、このような芸当が可能になるのか。
そもそも人間にこのようなことが可能なのか。
その場にいた誰もが、驚きを隠すことができない。

「す、すごい……！　これが賢者の魔力……！」

「どう？　これなら魔物の動きは止まりそう？」

「十分すぎます！　十日はいけますよ、ええ！」

「よし！　じゃあ、さっそく船を出してもらわなきゃ」

「それなら、うちが書類を書きます。それがあれば、船長さんたちもすぐ協力してくれるはずですから」

少女ははにかんだ笑顔を見せると、すぐさまリュックサックから筆記具を引っ張り出した。

そしてさらさらっと達筆な字でサインをすると、それをシエルに手渡す。

「ありがとう！　そういえば、今更だけどあなた名前は？」

「うちですか？　ケイナっていいます！」

「そう、ケイナね！　覚えたわ！」

「光栄です！　賢者様も、どうか頑張ってくださいね！　ここから応援してますから！」

そう言うと、ケイナは深々と頭を下げた。

人類存亡の危機だと思っているだけに、その態度は実に恭《うやうや》しい。

それを見たシエルはグッと親指を上げると、そのままウィンクをして走り去っていく。

「行ってしもた。なんや相当な事件が起きとるようやけど、あの人ならきっとすぐに解決してしまうんやろな。ほんま、頼もしいわぁ」

シエルの勇姿を思い出しながら、眼を輝かせるケイナ。
――たとえ何が待ち受けていようと、あの賢者様なら大丈夫。
シエルが巨悪に立ち向かう姿を想像して、彼女は胸を熱くした。
しかし、ケイナは知らなかった。
シエルが急いでいたのは、あくまでも弟のノアを連れ戻すため。
依頼があったわけでもなければ、事件に関わっているわけでもないことを――！

第四話

修理と衝撃の事実

姉さんが街を飛び出して行った翌日。

俺《おれ》はギルドの前で、クルタさんたちと待ち合わせをしていた。

オルトさんの店って、いったいどんなところなのだろう。

ちゃんと鎧《よろい》が直ってくれるといいのだけども。

姉さんの鎧って、結構いい材質だからきっと修理は大変だろうなぁ……。

こうして俺があれこれと思案をしていると、ロウガさんが声をかけてくる。

「よう！」

「ロウガさん！　早いですね！」

「ああ。こういう時、男は早めに来るもんだからな。女を待たせちゃいけねえ」

「その勤勉さを、少しは普段の仕事で活《い》かしてくださいよ」

「ははは、そりゃそうだ！」

腰に手を当てて、豪快に笑うロウガさん。

そうしているうちに、ニノさんとクルタさんがやってくる。

おや、クルタさん……いつもと服装が違うな。

活動的な白を基調に、細くしなやかな身体の線がはっきりと出るような服を着ている。な、何だかいつもよりずいぶんと……大人の女性っぽいな。

鎧の修理に出かけるだけなのに、やたら気合が入っているように見えるのは、果たして気のせいなのだろうか？

「おはよう！　昨日は眠れたかい？」

「ええ、まあ。にしてもどうしたんです、その格好は？」

「せっかくのお出かけなのに、普段通りの服装なんてのも芸がないと思ってね」

「おいおい、鎧の修理に行くだけだぜ？　わざわざよそ行きの服を着てくるようなことはねーだろう」

そんなに気合を入れてどうする、と呆《あき》れるロウガさん。

一方、水を差された格好となったクルタさんはぷうっと頰《ほお》を膨らませる。

「別にいいじゃないか。お出かけするのは事実なんだからさっ！」

「わっ！」

クルタさんは急に俺との距離を詰めると、サッと腕を絡《から》めてきた。

ほんのりと薫る女性特有の甘い香り。

腕から伝わってくる温かな体温。

予期せぬ出来事に、俺はたちまち思考停止しそうになった。

恥ずかしいことだけど、姉さんたち以外にこんなことされたのは初めてだ。

そもそも、実家にいた頃《ころ》は姉さんたち以外の女性と会うことすら稀《まれ》だったし。

「な、何をするんです⁉」

「ふふふ、そんなに慌てなくても。ちょっとしたスキンシップだよ」

「は、はぁ……」

「お姉さまからの好意です、もっと素直に喜ぶべきでしょう。ほら、笑ってください」

「いや、強制されるものでもないと思うよ⁉」

クルタさんが関《かか》わると、途端にニノさんから常識が失われるんだよな……。

俺に対する態度が柔らかくなった分、以前と比べれば遥かにマシなんだけども。

クルタさんを救出する以前は、だいぶ冷たい眼《め》で見をしていたからね。

それが今では、生暖かい眼ぐらいにはなった気がする。

「まあいいでしょう。お店へ行きますよ」

「は、はい！」

「ふふふ、修理のついでにボクの防具も選んでもらっちゃおっかな。いま使っている奴《やつ》も不満はないけど、そろそろ五年ぐらいになるんだよね」

「おいおい、あんまりジークを困らせるなよ。クルタちゃんも」

いたずらっぽく笑うクルタさんと、それをたしなめるロウガさん。

今日のお出かけは、ちょっと騒がしくなりそうである。

こうしてギルドの前から、街の通りを歩くこと十分ほど。

俺たちは軒先にたくさんの防具を飾った店の前へとやってきた。

どうやらここが、オルトさんの店のようだ。

ギルドと頻繁に取引をしているだけあって、意外にも近い場所だった。

繁盛しているようで、店の構えは立派で並べられている商品も質が高い。

奥の方には、ミスリル製らしきプレートアーマーまである。

「なかなか雰囲気の良い店じゃねえか」

「そうだね、整理整頓《せいりせいとん》が行き届いてるよ。案外そういうところがダメな店は多いんだけど」

「ああ、バーグの親父《おやじ》の店だって裏はグッチャグチャなぐらいだぜ」

「ややっ！　これは！」

やがて店の奥から現れたオルトさん。

彼は俺の顔を見るなり、眼を丸くして驚きを露わにした。

さすがは商人さん、俺の顔をしっかりと覚えていてくれたようだ。

「ジークさんじゃないですか！　いやあ、お久しぶりです！」

「はい、こちらこそ」

「噂《うわさ》は私の耳にも届いておりますよ。何でも、魔族討伐《とうばつ》に参加されたとか」

「ええ、まあ」

「いやあ、お若いのに大したものだ！　この調子なら将来有望ですなぁ！」

「それほどでもないですよ、俺なんてまだまだ」

そう言うと、俺はすぐさまオルトさんになかなか来店できなかった不義理を詫《わ》びた。

すると彼は、別に構いませんと豪快に笑う。

「それで、本日は何をお求めでしょう？　皆様の新しい防具ですかな？」

「今日は修理の方をお願いしたくて。これなんですけど、できますか？」

俺はマジックバッグの中から、姉さんの鎧を取り出した。

昨日、予備を渡した際に預かったものである。

本来は優美なデザインをしているはずの鎧だが、金属製の胸当てには傷がつき、布地の部分には何か所か穴が開いてしまっていた。

それを見たオルトさんは、すぐさまルーペで破損箇所を検分し始める。

その鋭い眼差《まなざ》しは真剣そのもので、先ほどまでの人当たりがいい雰囲気とはまるで別人のようだ。

「どうです？」

「鎧自体の修復は、うちの技術でも可能でしょう。少々お値段は張りますが、十分に対応できる範囲です。ただ……」

「ただ？」

「この鎧、かなり強力な付与魔法が掛けてありますね？　そちらも術式が破損しているようなのですが、この修復は私どもでは正直なところ手に余ります」

「なるほど……」

ライザ姉さんが愛用している鎧には、シエル姉さんが付与魔法を掛けていた。

賢者が直々に掛けた付与魔法である、当然ながら生半可なものではない。

耐熱、耐寒、耐衝撃……。

覚えているだけでも、五種類は掛けられていたはずだ。

言われてみれば当然なのだが、街の防具屋で直せるようなものではない。

これを直してもらおうとすると、シエル姉さん本人に頼むか専門の魔法使いに依頼をするしかないだろうな。

「参ったな……。どうにかならねえのか、親父さん」

「こればかりは。優秀な魔法使いさんを連れてきていただくしか……」

「うーん、どうしたもんかね。魔法使いの知り合いなんていねえぞ」

「私もですね。もともと、冒険者に魔法使いは少ないですし」

困ったような顔をするロウガさんとニノさん。

このラージャ周辺において、魔法使いはとても貴重な存在らしい。

それもそうか、魔法使いはもともと学究の徒。

それなりの規模の都市とはいえ、わざわざこんな人間界と魔界の境界近くまで来るようなことはないのだろう。

「クルタちゃんは、一人ぐらい誰《だれ》か知らねえか？　Aランクならコネぐらいあるだろう？」

「うーーん、ないことはないけど……」

顎《あご》に手を当てて、しばらく逡巡《しゅんじゅん》するクルタさん。

やがて彼女は、何故《なぜ》か俺の方を見て笑った。

ん、これは一体どういうことだ？

「……いや、それなら最適な人材がすぐ目の前にいるじゃないか」

「え？」

「ジーク自身が、鎧に魔法を付与すればいいんだよ！　そのマジックバッグだって、ジークが自分で作ったものだって聞いたよ？」

「ええまあ、そうですけど」

「おお……マジックバッグを！　それなら期待が持てそうですな！」

「そのぐらい、全然大したことないですって！」

俺が首を横に振ると、みんなやれやれと呆れ顔をした。

そういえば、初めにマジックバッグを見せた時は受付嬢さんも驚いた顔をしてたなぁ……。

シエル姉さんは大したことないって言っていたけど、ひょっとしてすごいのかな?

「相変わらず、ジークは自分のことがよくわかってねえなあ」

「ええ、不本意ですが私もロウガと同意見です」

「大丈夫だって！　ジークならきっとできるから！」

そう言うと、クルタさんはじーっと俺の眼を覗《のぞ》き込んできた。

その期待の籠《こも》った眼差しに、俺は何とも断りづらい気分になってしまう。

これだけ期待されているんだ、できないとは言いづらいなぁ……。

俺が困ってしまっていると、さらにロウガさんが畳みかけるように言う。

「いいんじゃねえか。多少不格好になったとしても、手作りって感じでよ。お前ならきっとうまくやると思うが、もしこれで失敗しても責めるほどライザは狭量じゃねえだろう」

「そう言われると、何だか俺自身がやるのが筋のような気もしてきますね……」

「そうそう、自分でやろうよ！　ボクたちも手伝うからさ。これでも、魔力量は多い方だから何かと役に立てると思うよ」

そう言うと、しきりに自分が役立つことをアピールしてくるクルタさん。

そんなに付与魔法に対して、興味があるのかな?

別に断る理由もないので、俺はとりあえずうなずいておく。

「はい。じゃあオルトさん、この鎧の修理をお願いできますか？　できるだけ早くしてもらえると助かるんですけど……」

「それならお任せください。うちの職人は凄腕《すごうで》揃いですから、夕方までには」

「おおっ！　早い！」

てっきり二～三日はかかると思っていたのに。

冒険者の聖地にあるだけあって、付与魔法以外は本当に一流のお店らしい。

これなら、また何かあって防具が壊れても休んでいる間に修理してもらえるだろう。

思いがけないところで、いいお店とつながりが持てたものだ。

「それじゃ、待ってる間は街をぶらぶらするか」

「ですね、ご飯もまだですし」

「なら、最近流行《はや》ってる黒牛亭なんてどうだ？　あそこの黒牛丼はほんとにうめーぞ！」

「……ちょっと待ってください。私はロウガに用事があります」

「あん？　それなら食事の時に話せばいいだろ？」

「二人で、話がしたいんです！」

俺とロウガさんが昼食の話で盛り上がり始めると、急にニノさんが割って入ってきた。

彼女は妙に強い態度で、ロウガさんと二人になりたいと言い始める。

「よし、決まりだね！」

はて、いったい何の用事だろうか？

俺はおろか、当の本人であるロウガさんすら首を傾《かし》げた。

するとニノさんはロウガさんに近づき、何やらこそこそと耳打ちをする。

「……なるほど、そういうことなら仕方ないな。ちょっくら出かけるか」

「え？　じゃあ、ご飯とかは？」

「クルタと一緒に済ませといてくれ。またあとで合流しようや」

それだけ言うと、ロウガさんとニノさんは足早に歩き去って行ってしまった。

二人と入れ替わるようにして、クルタさんが再び距離を詰めてくる。

彼女はニッといたずらっぽく笑うと、そのまま腕を絡めてきた。

「じゃ、ジークはボクと一緒に行こう。ねぇ、何か食べたいものとかある？」

「はい？　えっと……」

突然のことに、うまく返答できない俺。

急に食べたいものと言われても、いったい何がいいのやら……。

俺がうんうんと唸《うな》っていると、クルタさんは見かねて提案する。

「だったらさ、ピザでも食べに行かない？」

「ピザ？　何ですか、それ？」

「最近、ラージャで流行りだした食べ物でね。こう、食べるときにビヨーンって伸びるんだよ。

ビヨーンって！」

両手を使って、何かが伸びるようなジェスチャーをするクルタさん。

伸びる食べ物……いったいどんなものなのだろうか？

不思議に思った俺が首をひねっていると、クルタさんはさあさあと手を引っ張る。

「興味を持ったなら、れっつごーだよ！」

「ちょ、引っ張らないでくださいよー！」

「ほら、早く早く！」

こうして俺とクルタさんは、噂のピザとやらを出すレストランへと向かうのだった。


——○●○——


ラージャの市街地の西、冒険者ギルドの周辺。

一仕事終えた冒険者たちの財布を狙《ねら》って、無数の飲食店がひしめく地区。

その一角、通り沿いの一等地に目的のレストランはあった。

その名もずばり石窯亭。

名前が示す通り、工房のように大きな窯と高く伸びた煙突が目立つ建物だ。

その入り口の前に立つと、すーっと香ばしい香りが鼻を抜けていく。

これは、焦《こ》げたチーズの匂《にお》いだろうか？

食欲を湧《わ》き立たせるような香りに、俺はたまらず唾《つば》を呑《の》む。

「これは期待が持てそうですね！」

「当然！　昨日、時間を掛けて調べたんだから！」

「へ？　調べた？」

「な、何でもないよ！　ほら、さっさと入ろう？」

いつの間にか、俺たちの後ろに人が並んでしまっていた。

どうやらこの店、相当な人気店であるようだ。

俺は慌てて後ろの人たちに頭を下げると、すぐさまスイングドアを開いて中に入る。

そしてウェイターさんに案内されるまま、窓際の席へと腰を下ろした。

「さてと、何を頼もうかな。やっぱり、一番人気のスペシャルミックスかな！」

「俺も、それでいいと思います」

「じゃあ、ラージサイズを一枚頼んで二人で分けようか。おーい、店員さーん！」

ウェイターさんを呼び止めて、さっそく注文をするクルタさん。

それから数分後。

二人で軽くおしゃべりをしていると、ようやく料理が運ばれてきた。

薄く焼いたパイのような見た目で、大きな平皿に載せられている。

まだ焼きあがったばかりなのだろう、表面のチーズがグツグツと煮えたぎっていた。

そこから漂う香りはかぐわしく、見ているだけでも食欲が湧《わ》く。

「さ、冷めないうちに食べよう！」

「ええ！　……おおっ、これが伸びるってことですか！」

八つ切りにされたピザの一片。

それを持ち上げると、とろけたチーズが気持ちよく伸びた。

アツアツのうちに口へ運ぶと、たちまち幸せが溢《あふ》れてくる。

肉とチーズの味わいが何ともジューシーで、それをパプリカの苦みとチリソースの辛みが引き立てている。

——アッツイ、けどおいしい！

俺はハフハフと息を荒くしながらも、ピザをまるっと一口で平らげた。

クルタさんも同様に、フーフーしながらも満面の笑みだ。

どうやらピザの味は、ばっちり彼女の口にも合ったらしい。

「んー、おいしいですね！」

「ほんと、ここにして良かったよ！」

「連れてきてくれて、ありがとうございます！」

「いいってことだよ。ボクとジークは仲間なんだからさ」

そう言って笑うと、不意にクルタさんは真剣な眼をした。

何だろう、何か重大な話でもあるのだろうか。

俺は水を一口飲むと、すぐさま姿勢を正した。

「……ちょっと前から聞こうと思ってたんだけどさ。ジークって、ライザさんのことはどう思っているの？」

「姉さんについてですか？」

「そうそう。いろいろ気になっちゃってさ」

そうだなぁ、ライザ姉さんについてはいろいろと思うこともあるのだけど。

簡単にまとめるのならば――。

「大切な家族、ですかね。以前は、修行がきつすぎていろいろと文句もありましたけど……。姉さんも、俺に嫌がらせをしていたわけじゃなさそうですし」

決闘の後に、しゅんとした表情を見せたライザ姉さん。

俺はその顔を思い出しながら、しみじみと語った。

以前は本当に、ライザ姉さんは俺のことが嫌いだと思っていたのだけど……。

あんな顔を見せられては、さすがに勘違いだったとわかる。

「そうかい、大切な家族なんだね」

「ええ、そうです」

「じゃあ、それ以上の関係になったりは……しないんだね？」

「もちろん！　そりゃそうですよ！」

クルタさんの頭の中で、俺とライザ姉さんの関係はいったいどうなっているのか。

俺たちはあくまで家族で、それ以上でもそれ以下でもない。

まったく、彼女の妄想にも困ったものだ。

「血は繋《つな》がっていませんけど姉弟《きょうだい》ですから。何にもありませんよ」

「まあそうだよね。ジークに限ってそんなシスコンなわけ……」

そこまで言ったところで、急にクルタさんの顔が凍り付いた。

あれ、何か変なこと言っちゃったかな……？

あまりに突然のことに、俺はあたふたと慌ててしまう。

「ど、どうしたんですか？」

「……今、血は繋がってないって言った？」

「ええ。前にも言いませんでしたっけ？」

「いや、ボクはよく聞いてなかったというか……。でも、義理の姉弟と言うことはその気になれば……⁉」

そこまで口に出したところで、クルタさんは手にしていたピザを取り落とした。

そしてそのまま、天を仰《あお》ぐようにして後ろにひっくり返ってしまう。

「うわっ⁉　クルタさん、クルタさーーん‼」

倒れてしまったクルタさんを、慌てて抱き起す俺。

……いったい、何がどうしてこうなってしまったんだ⁉

俺の頭の中を、疑問符が渦巻くのだった――。


――○●○――


「高かったですけど、鎧自体の修理は完璧《かんぺき》にできましたね！」

食事を終えてから、数時間後。

再び合流した俺たち四人は、オルトさんの店に預けていた鎧を受け取った。

一流の職人を揃《そろ》えていると豪語しただけのことはあり、仕上がりは完璧。

あれだけボロボロになってしまっていた鎧が、新品同様になっている。

値段はかなり高くついたけれど……これで姉さんの役に立てるなら本望だ。

「そっちはバッチリだな。問題は……」

ロウガさんはやれやれと疲れた顔をすると、俺の隣に立っているクルタさんを見た。

あれからすぐに意識を取り戻したクルタさんなのだが、やはり普段とは違っている。

どこかこう、不機嫌というかむくれているというか……。

「……まあ、しょうがないですね。ジークがいけないんですよ、大事なことを言わないから」

「はい？　別に俺は、隠し事なんてしてないつもりですけど」

「むぅ、鈍感ですね。ライザさんと――」

「わわわっ！　余計なこと言わなくていいから！」

ニノさんが何事か言おうとしたところで、復活を果たしたクルタさんがそれを止めた。

口を手で押さえられたニノさんは、たまらずモガモガと手足をばたつかせて騒ぐ。

「お姉さま、く……苦しい……！」

「ああ、ごめん！　つい力が入っちゃったよ」

慌てて手を離すと、すぐさま謝るクルタさん。

ニノさんは即座に大丈夫ですと逆に頭を下げる。

「……さてと、だよ。今はそんなことよりもさ、その鎧をどうするかだね」

クルタさんはコホンと咳払《せきばら》いをすると、気を取り直すように話題を切り替えた。

確かに、今はそれが一番重要だ。

鎧が完璧に修理されたところで、付与魔法が掛かっていなければ使い物にならない。

「まずは、付与魔法に必要な素材の調達からか？」

「ええ、いろいろと入用ですからね」

「よっしゃ、なら後でいろいろ買い揃えてきてやるよ」

「ありがとうございます。あとは……工房とかが借りられたらいいですね」

良い付与魔法を使うためには、環境も重要である。

そこらの部屋でお手軽にとはなかなかいかない。

シエル姉さんも屋敷の一角を改装して、大きな工房を構えていた。

あれほどの設備は求めないが、最低限、魔力の操作がしやすくなる作業台ぐらいは欲しいところだ。

「うーん、工房ですか。私は心当たりがありませんね、ロウガはどうですか？」

「俺もさっぱりだな。ギルドで問い合わせでもしてみたらどうだ、いいところが見つかるかもしれんぞ」

「なるほど、でもちょっと時間がかかりそうですね」

「それなら、私に心当たりがあるよ」

「え、本当ですか？」

「うん！　実はさ、うちのお隣さんが魔法使いなんだよね。交渉すれば借りられるかも」

それはちょうどいいや。

俺たちは早速、クルタさんにお願いをしてひとまず彼女の家へと向かうことにした。

クルタさんの家は街の南東、富裕な人々が住む地区にあるらしい。

彼女に案内されて進んでいくと、次第に街並みが整ったものへと変わっていく。

整然と立ち並ぶ街路樹、ゆったりと作られた歩道、建ち並ぶ豪邸。

冒険者の街らしからぬ、清潔感と洗練された雰囲気が通りに溢れていた。

「うわぁ……何かいかにもお金持ちっぽい場所ですね。こう、品があるというか」

「ここに家を持つのが、ラージャの冒険者たちの間じゃ一種のステータスだからなぁ」

「ロウガも、女に使っていなければ小さな物件なら買えたかもしれませんよ？」

「無理無理！　ここの土地がいくらすると思ってるんだよ！」

思い切り首を横に振るロウガさん。

へえ、仮にもBランクであるロウガさんでも、ここの家を買うのは無理なのか。

たぶん、一般人の十倍ぐらいは稼いでいるだろうになぁ……。

俺が少し驚いていると、クルタさんがちょっぴり自慢げに言う。

「ボクも、中古の家が安く売られてたから買えたんだよ。新築を買おうとしたら、冒険者としてあと十年は働かないと」

「Aランクの稼ぎでも、そんなにかかるんですか」

「まあね。そりゃドラゴン退治みたいな大きい依頼をドンドンこなせば別だけど、そうそうあるもんじゃないし」

冒険者の聖地と言われるラージャでも、その規模の依頼はやはり限られるらしい。

――だから、凶悪な事件が頻発しているここ最近は少し異常だよ。

クルタさんはそう言葉を続けると、やれやれと肩をすくめた。

そりゃまあ、魔族がどんどん湧いたりしたらいくら冒険者の街とはいえもたないだろう。

お金を稼ぐ前に、街が滅びてしまう。

「さ、ここだよ」

やがてクルタさんは、レンガ造りの大きな家の前で立ち止まった。

二階建てで、石の柱に支えられた大きなベランダが特徴的だ。

玄関脇《わき》にはちょっとした花壇もあって、まさに豪邸と言うのが相応《ふさわ》しい。

中古で安かったとは言うが、こりゃ相当高かっただろうなぁ。

「おお！　でっかい！」

「自慢の家だからね。でも、さすがにライザさんの購入した家には敵《かな》わないかな」

「あはは。まあ姉さんは収入も多いですし。他にお金を使うようなとこもないですから」

「あまり贅沢《ぜいたく》をするような感じではなかったもんね」

「そういや、ジークの実家って、もしかしてすげえお屋敷なのか？　剣聖を輩出したような家なんだから、すげー名家なんだろ？　ひょっとして、貴族だったりすんのか？」

ふと思い立ったのか、興味津々な様子で尋ねてくるロウガさん。

もしかして、俺がどこぞの御曹司《おんぞうし》だとでも思ったのだろうか？

口に出しては言わないが、お金の匂いか何かを感じているようだった。

身元を隠していたから仕方なかったとはいえ、そういえば皆に実家や家族のこととか話したことなかったな。

この際、はっきりさせておいた方がいいかもしれない。

「いえ、うちは別にそうじゃないですよ。代々ウィンスターの王都で、小さな商家を営んでました」

「ほう、商家だったのか」

「ええ。さらに言うと俺は、その家に引き取られたんです。まだ俺が幼い頃、同じく商人だった実の両親が亡くなって」

俺がそう言うと、クルタさんたちは少しばかり悲しげな顔をした。

俺の境遇に同情してくれたらしい。

何だかんだ、三人ともいい人だよなぁ。

「なるほどな、それでライザが姉になったと」

「ええ、そういうわけです」

「けど、それでよくあんなに仲のいい姉弟になれたな？　俺もさっき聞いてびっくりしたが、実の姉弟にしか見えなかったぜ？」

「そうですか？　姉さん、俺に口うるさくしてばっかりですけど」

「いやいや、仲が良いからこそ口うるさくするんだよ。他人同然に思ってたら、いちいち干渉したりしないからな」

そう言うと、わかってないなとばかりの顔をするロウガさん。

ふむ、そういうもの……なのだろうか。

言われるうちが花ともいうし、そう言われればそうなのかもしれない。

「まあそうですねえ……。もし俺たちが仲良しなのだとしたら、理由はあの時のことかな……」

「思い当たる節があるのかい？」

「うちは俺と姉さんたちで合わせて六人姉弟だったんですけどね。義父が病に倒れた時に、六人を二人ずつに分けて違う家に引き取ってもらおうって話になったんです。六人も育てるのは大変だからって。けど、それに俺は断固反対したんですよ」

「へぇ……どうしてまた？」

理由を聞き返してくるクルタさん。

うーん、そうだなぁ……。

あの時の俺はまだ子どもだったから、感情的に反発したというのもあるんだけども。

しいて言うなら――。

「家族がバラバラになるのが嫌だったんですよ。それに、俺自身も違う家に引き取られて最初のうちは辛《つら》かったですから。そんな思いを姉さんたちにさせたくなかったんですよね」

「だが、親父さんが病気になったんだろ？　それで六人も育てるっていうのは厳しいんじゃないか？」

「ええ。でもその時の俺は子どもでしたからね、理屈なんてなかったですよ。丸一日歩いて親戚の家まで出かけて、無理やり直談判《じかだんぱん》したぐらいですから」

俺は昔のことを思い出しながら、滔々《とうとう》と語って聞かせた。

あの時の俺は、本当に無茶したからなぁ……。

話を聞いてもらうために、凍える寒さの中で座り込みをしたりもしたっけ。

それまで箱入り息子だった俺が、よくもまあ、あれだけ頑張ったものだ。

「なかなか大した行動力ですね」

「うん、ジークがそういうタイプだとは思わなかったよ」

「まあ、それぐらいしかできなかったので。昔の俺なんて、馬鹿《ばか》正直だけが取り柄のような子どもでしたから」

「なるほどな。それがきっかけで、姉妹《しまい》はジークに感謝するようになったってわけか」

「確証はあんまりないですけどね。でもあの時からちょっとずつ、姉さんたちが俺に口出しするようになってきましたから」

それまではどちらかというと、無関心な感じだったんだよな。

今思えば、どことなく他人行儀だったような気もする。

俺たち六人が本当の意味で家族になったのは、あの時からかもしれない。

ライザ姉さんについては、その後にあった出来事も関わっているだろうけど。

「人に歴史ありってわけだね。……さて、ジークたちはひとまずうちで待っててよ。私はお隣さんと話をつけてくるから」

そう言うと、そそくさと歩き去っていくクルタさん。

俺たち三人は彼女のお言葉に甘えて、家で待たせてもらうのだった――。

第五話

付与魔法

「ふふふ、ばっちりだったよ！」

それからしばらくして。

俺《おれ》たち三人が家の中で待っていると、満面の笑みを浮かべたクルタさんがやってきた。

お隣さんとの交渉は、よほどうまくいったらしい。

鼻歌交じりで、ずいぶんとご機嫌な様子だ。

「もう魔法使いとしてはずいぶん前に引退してるから、好きに使っていいって。工房にある素材や魔石とかも適当に使っちゃって構わないとか」

「おお!!　太っ腹ですね！」

材料についてはこちらで調達するつもりだっただけに、ありがたい申し出だった。

こうなったら、俺にできる最高の付与魔法を掛けないとな！

グッと拳《こぶし》を握ると、軽く腕まくりをして改めて気合を入れなおす。

「さて、いきますか」

「俺もついていっていいか？　魔法使いの工房なんて、滅多《めった》に見られるもんじゃないからよ」

「いいですよ」

「じゃあ、ついてきて」

クルタさんの案内に従って、隣の家へと入っていく。

すると白髪を長く伸ばした老婦人が玄関先で俺たちを待っていた。

彼女が、この家の主人の元魔法使いであろうか。

昔はかなり高位の魔法使いだったのだろうか、どことなく気品のある人物だ。

それに、微《かす》かにだが研ぎ澄まされた魔力を感じる。

「こちらがお隣のマリーンさんだよ」

「初めまして、ジークと申します。今日は工房を貸していただき、ありがとうございます」

「こちらこそ初めまして。ふふふ、丁寧な子だねぇ」

そう言って微笑《ほほえ》むと、マリーンさんはゆっくりと手招きをした。

彼女についていくと、やがて家の一角にある小さな工房へとたどり着く。

へえ、なかなかいいところじゃないか。

壁に大きな窓があって、陽光が程よく差し込むようになっている。

壁際に置かれた作業台もかなりの高級品で、精緻《せいち》な魔法陣が二重に刻み込まれている。

しかも、盤面はミスリルでコーティングされているようだ。

「へぇ……ずいぶんと手入れが行き届いてますね。魔法使いとしてはしばらく前に引退されたって聞きましたけど」

「あなたわかるの？」

「ええ。しばらく使っていない作業台は、魔力の通りが悪くなりますからね。これだけスムーズに流れるということは、定期的に魔力を流して整備していたってことですよ」

俺がそう言うと、マリーンさんは少し驚いたような顔をした。

別にすぐに気付くことだと思うのだが……。

どうやら彼女としては、そうではなかったらしい。

「あなた、なかなか有望な魔法使いのようねぇ」

「いや、そんなことないですよ」

「謙遜《けんそん》しなくてもいいわ。あなたのような人に使われるなら、ここの道具たちも本望でしょう。好きなだけ使っていってくださいね」

「は、はぁ……ありがとうございます！　大切に使いますね」

「じゃあ、またあとで」

「私もひとまず失礼するわ」

そう言うと、クルタさんたちはひとまずその場から離れていった。

さあいよいよだな。

俺はマジックバッグから鎧を取り出すと、まずはどんな魔法を付与するのか思案する。

「物理強化は必須として、あと防火・防寒は基本かな。瘴気《しょうき》に対する耐性も欲しいし……」

付与できる魔法の数には、残念ながら限りがあった。

幸い、ここにある素材はかなり上等な物のようであるが、それでも限界はある。

何に耐性を持たせて、何を切り捨てるのか。

このあたりの調整が魔法使いとしての腕の見せ所でもあった。

「酸に対する耐性も入れたいよなぁ。けど……」

ライザ姉さんのことだから、きっとこの鎧を着てまたあのスライムに挑むことだろう。

だから酸への耐性は、可能な限り盛り込んであげたい。

しかし、いったいどうすればあんなに強力な酸を防げるだろうか。

もともとこの鎧には、賢者であるシエル姉さんの付与魔法が掛けられていた。

それを貫通してきたあれに対抗するのは、並大抵の方法では不可能だろう。

「うーん……。いったいどうすれば……」

ああでもないこうでもないと、必死で頭をひねって考えを巡らせる。

単純に、シエル姉さんが施した以上の強度で魔法を掛けることは不可能だ。

魔力の量もそうだけれど、根底となる技術が違いすぎる。

だとすれば、何か姉さんが思いつかなかったような対策を取る必要がある。

大胆な発想の転換が、必要だった。

「考えろ、考えるんだ……！」

紙に術式を書いては消し、書いては消し。

必死にアイデアをまとめようとするが、なかなかいいものが出てこない。

そうこうしているうちに、時間だけがただただ過ぎていく。

気が付けば夜も更けて、窓から月明かりが差してきた。

あっという間に、数時間も過ぎてしまったようだ。

「おーい、うまくいってるかい？」

やがて食事の準備を終えたクルタさんが、俺を夕食へと呼びに来た。

彼女は渋い顔をしている俺を見て、少し心配そうな表情をする。

「うまくいってないのかい？」

「……ええ、まあ。酸を防ぐのになかなかいい方法が思い浮かばなくて」

「うーん、ボクも魔法は専門外だからねぇ。ニノの忍術も少し違うから、知恵を貸すのは難しいかもしれないなぁ」

申し訳ないとばかりに、肩をすくめるクルタさん。

するとここで、先ほどからずっと俺の様子を見ていたマリーンさんが穏やかな口調で告げる。

「うるさくしないのであれば、この工房で徹夜しても構いませんよ。若い魔法使いと言うものは、みんなそうやって無茶しながら成長していくのだから」

マリーンさんの眼《め》は、どこか過去を懐かしむようであった。

彼女も昔は、そういう無茶をした時期があったのだろうか。

言われてみれば姉さんも、昔は研究漬けの生活を送ってたもんなぁ。

一週間徹夜して、丸二日間寝るなんて無茶をしたこともあったっけ。

賢者となった今でこそ落ち着いているけれども。

「……わかりました。俺ももっと粘ってみます」

「ふふふ、頑張りなさい」

「ボクも、夜食でも作って手伝うよ」

こうして俺の長い試行錯誤が始まったのだった――。


――○●○――


「よいしょっと、これで全部かな？」

その次の日。

マリーンさんの家にあった書庫にて。

許可を得て中に入った俺は、付与魔法関連の資料を集めていた。

俺が睨《にら》んだ通り、マリーンさんはやはり一流の魔法使いだったらしい。

揃《そろ》えられていた本はどれも第一級のものばかりで、中にはシエル姉さんでも持っていないようなものまであった。

「良い本は見つかりましたか？」

ひと段落着いた俺が休憩していると、マリーンさんが様子を見に来た。

俺は集めた資料を机に置くと、すぐに彼女の方へと振り向く。

「ええ。いい本が多くて、逆にびっくりしました」

「それは良かったですわ」

「マリーンさんはやっぱり、現役《げんえき》時代は凄《すご》い魔法使いだったんですね。これだけの資料、そうそう集められるものじゃないですよ」

「ふふふ、おばあちゃんなんて大したことないですよ」

謎《なぞ》めいた微笑みを浮かべるマリーンさん。

絶対にそんなことないと思うんだけどなぁ……。

正体が気になった俺はあれこれと尋ねてみるものの、上手《うま》くはぐらかされてしまう。

さすがに、部外者の俺にはそう簡単に教えてくれないらしい。

「それよりも、今は付与魔法について考える方が大事じゃないかしら」

「……それもそうですね」

いろいろと気にはなっているが、今はそちらの方が大切なのは間違いない。

俺は資料を手にすると、そのまま工房へと戻った。

さて、しっかりと気合を入れなおさなきゃな。

資料を片手に、もう一度付与魔法の構築へと取り掛かる。

「へえ、付与魔法って限定的だけど攻撃魔法を付与することもできるのか」

面白《おもしろ》いと思ったことを、逐一メモしていく。

資料の内容が面白くてついつい読み解くことに夢中になってしまうこともあった。

剣術も好きなのだけど、魔法に関しても俺は割と好きな方であった。

だからこそ、シエル姉さんの厳しい指導にもついていけたのだろう。

好きこそものの上手なれとは、まったくよく言ったものである。

「ん？　もうこんな時間か」

隣の部屋からゴーンッと、時計の鐘の音が響いてくる。

気が付けば二日目の夜もすっかり更けて、日付が変わったようだ。

さてと……そろそろ寝ようかな？

いや、まだどんな魔法を構築するのかさえ決まっていないし、もう少し頑張っていこう。

マリーンさんだって、若いうちは徹夜するぐらい頑張れって言ってたし。

「よし、気合を入れなおすか。……んぐー！」

立ち上がって大きく伸びをすると、そのまま少しばかり体操をする。

こうして血の巡りが良くなったところで、部屋のドアがトントンとノックされた。

こんな時間に誰《だれ》だろう、マリーンさんかな？

すぐさまドアを開けると、そこに立っていたのはクルタさんであった。

「や！　飲み物を持ってきたよ！」

ほのかに漂う紅茶の香り。

どこの茶葉かまではわからないが、嗅《か》いでいるだけで気分が落ち着くようだ。

これは素直にありがたいな、ちょうど追い込みをしようと思っていたところだし。

「助かります！」

「いえいえ。じゃ、ここに置いとくね」

邪魔になると思ったのか、そのまますぐに部屋を出て行くクルタさん。

俺は作業台の端に置かれたカップに、おもむろに手を伸ばした。

するとうっかり、それをひっくり返してしまう。

「はちゃっ！　しまった！」

いけない、このままだと大事な作業台が水浸しになっちゃうぞ！

何か拭くものはないかと周囲を見渡すが、あいにく、使えそうなものはなかった。

ど、どうしよう！

こうなったら服で拭き取るか？

いやでも、紅茶の染《し》みが残っちゃう。
いま着ている服は、前にアエリア姉さんに買ってもらった大切なもの。
それを汚してしまうわけには……！
「あ、そうだ！　プティジーヴル！」
指先にパッと青白い光が灯《とも》り、冷気が作業台の上を舐《な》めた。
たちまち紅茶は凍り付き、白い塊と化す。
あとはこれをごみ箱に捨ててっと……。
これでよし、無事に解決だ。
とっさの思い付きだったけど、上手く魔法を制御できてよかったよ。
「ふぅ……やれやれだ。借りてた作業台を壊したりしたら大変だもんな」
付与魔法を行うための作業台。
これは基本的に特注品で、かなり高価な代物である。
まして、元一流魔法使いのマリーンさんのものならば値が張るのは間違いないだろう。
紅茶ぐらいで壊れるようなことはないとは思うが、何事もなくて良かった。
「……待てよ。これもしかして、酸にも同じことできないか？」
ふと、脳内を鮮烈なひらめきが走り抜けた。
あの酸も主成分は恐らく水のはずだ。

ならば、急速に冷却すれば凍り付かせてしまうこともできるだろう。
そうすれば実質的に無害化することが可能なはずだ。
もともと耐熱のために水魔法を一部使用しているし、それを改良すれば……！
「これはいける、いけるぞ!!」
すぐさま作業へと取り掛かる。
まずは条件付けからだな。
物が付着した瞬間としてしまうと、手で触れた時も危ないな。
機能のオンオフをつけられるようにしておこう。
冷気が内部に伝わらないように、ガードするための処置も必要だ。
これは魔法障壁を一部応用して、熱処理も……。
「簡単にはいかないな。けど……！」
糸口は見えたのだ、絶対に何とかできる。
強い確信を持った俺は、夜が明けるまで作業に没頭するのだった――。

間話

賢者の魔法と剣聖の剣技

ジークが付与魔法のために四苦八苦していた頃《ころ》。
ライザはラージャの遥《はる》か東方、大河ロナウのほとりまでやってきていた。
馬車で一週間ほどかかる道程を、わずか二日足らずで駆け抜けてしまったのだ。
無尽蔵の体力と強靭《きょうじん》な足腰のなせる業である。
「いつもよりも水かさが多いな……。なぜだ？」
流れゆくロナウを見ながら、はてと首を傾《かし》げるライザ。
天気は快晴、風は爽《さわ》やか。
大地はよく乾き、およそ雨の降った形跡はない。
しかし、ロナウの水位は彼女の記憶にないほど高かった。
川縁《かわべり》の草地が水に沈み、広い湿地帯のような様相を呈《てい》してしまっている。
「……ん？　おーーい、ちょっといいだろうか？」
たまたま通りがかった土地の者らしき男。
ライザはそれを呼び止めると、どうしてこんなことになっているのか事情を尋ねる。

すると男は、遥か水平線の彼方で輝く何かを指さした。

「あそこにけったいな氷の山ができてなぁ。河の流れがせき止められちまったんだよ」

「氷の……山？」

「そうさ。いやー、はたから見る分には綺麗《きれい》なんだけどよ。おかげで水が増えちまって困ってるんだ」

「馬鹿《ばか》な、こんなに暖かい土地に氷山などあってたまるか！」

男の言うことを一笑に付したライザ。

極寒の地ならばいざ知らず、この周辺の気候は温暖。

氷の山などできるはずがなかった。

しかし笑い飛ばされた男は、少々ムキになって言う。

「俺《おれ》は見たんだよ！　あんたも見てくるといい。そりゃあもう大きな山が河に浮いているぜ」

「そこまで言うのならば、一度行ってみるか……。ありがとう、呼び止めてすまなかった」

そう言って男と別れたライザは、彼が指さした氷の山へ向かって歩いた。

そうして、川沿いに進み続けることに十分ほど。

光を反射する物体は次第に大きくなり、やがて周囲の気温も下がってくる。

この場所だけ冬が到来してしまったかのようだった。

草花は萎《しお》れ、霜が大地を覆《おお》いつくしている。

やがて姿を現したのは、島を思わせるような巨大な氷山。

その前までたどり着いたライザは、冷気に顔をしかめながらつぶやく。

「ううむ、まさか本当にあったとは……」

自然にできたものではないはずだが、誰《だれ》がどのような目的でこれを作ったというのか。

一見して美しいが、その存在はあまりに不可解であった。

まさか、魔族が何かしらの目的をもって作成したのか？

ライザが周囲を見渡していると、やがて一人の少女が姿を現す。

「どうや、見事なもんやろ？」

「ん？」

氷山を見上げて、どこか誇らしげな表情をする少女。

訳を知っていそうな彼女に、ライザはすぐさま質問を投げる。

「そなた、この氷山について何か知っているのか？」

「そやで。これはなぁ、活性化《かっせい》した魔物を抑えるために作られたもんなんや」

「ほう？　この氷山で魔物を？」

「そうそう。アーミーフィッシュっていうてな。気温が下がると、まともに動けんようになる魔物なんよ」

少女の説明を聞いて、なるほどと手を叩《たた》くライザ。

しかし、すぐに彼女の説明の不審な点に気付く。

「だが……氷山を作って動きを抑えたところで、一時的なものではないのか？　まさか、このあたりをずっと冷やし続けるわけにもいかないだろう」

「その通り。あくまでもこれは、一時的な対処法や。この氷山を作ってくれた賢者様なんやけど、どうにも急いでたみたいでな。何とか河を渡りたいって言うから、魔物を抑える方法としてうちが提案したんよ。まさか本当に、河を氷漬けにしてしまうなんて思わへんかったけど」

「ふむ、そういうことか。だが、これだけの魔法を使える賢者というと……」

顎《あご》に手を押し当て、思案を巡らせるライザ。

やがて彼女の脳裏《のうり》に、見慣れた妹の顔が思い浮かんだ。

この大陸に賢者と呼ばれる魔法使いは数名いるが、これほどの大魔法を軽々と行使できるのは彼女をおいて他にいない。

どうしても河を渡りたかったというのも、ラージャまで行こうとしていたと考えれば合点がいく。

「ひょっとして、その賢者様というのはシエルと名乗らなかったか？」

「ええ！　もしかして、お知り合い？」

「……やはりそうか！　まったく、心配するなと送っただろうに！」

バタバタと足を踏み鳴らし、憤慨《ふんがい》するライザ。

――他の姉妹《しまい》たちまでもがラージャに来ては、何かと厄介なことになる。

そう考えた彼女は、何度か実家に連絡を取っていたのだ。

もっとも、ここ最近はノアとの時間を作るのに忙しくて怠けていたのだが。

「ま、まずい！　このままジークがシエルに発見されたら、家に連れ戻されてしまうぞ！」

「あの、どうしたん？」

「な、何でもない！　とにかく私は先を急ぐのだ、失礼する！」

そう言うと、ライザは一目散にその場から走り去ろうとした。

だがここで、ふとここまで走ってきた目的を思い出す。

――いくらなんでも、何の成果も得ずに帰るわけにはいくまい。

彼女は急に立ち止まると、そのまま勢いよく反転して少女に尋ねた。

「……っと！　すまないが、最後に一つ聞きたいことがある」

「な、なんや？」

「このあたりで、ケイナという者の情報を聞かなかったか？　ひょっとすると、この氷山を見に来たかもしれない」

河のど真ん中に、これほど巨大な氷山が浮かんでいるのである。

もしケイナがこの近くまで来たならば、見物に寄ってもおかしくはない。

そう思って尋ねると、少女はぽかんと眼《め》を見開いたのちこう答えた。

「ケイナって、私のことやけど。お姉さん、何か用なん？」

「な、なに⁉　そなた、大事な依頼を放り出してこんなところで何をしているのだ！」

少女がケイナ本人であると知り、ライザの顔色が変わった。

彼女はケイナに詰め寄ると、摑《つか》みかからんばかりに前のめりになる。

そのあまりの剣幕と眼力に、ケイナはたまらず冷や汗をかいた。

剣聖の発する気迫に対抗することなど、歴戦の戦闘職でも難しい。

まして、戦いとは縁遠い研究者ならばなおさらだ。

「ひ、ひえ⁉　な、何のことや⁉」

「とぼけるな！　そなた、ラージャのギルドから依頼を受けていただろう！」

「は、はい。けど、ここに残ることに関してはちゃんと手紙を送ったで？　たぶん、行き違いになってしまったんやろうけど……」

「残る？　どういう理由でだ？」

「そ、それは……」

ライザの迫力に押されてしどろもどろになりながらも、懸命に事情を説明するケイナ。

やがて一通り話を聞いたライザは、しかめっ面をしながらも納得したようにうなずく。

「そういうことか。まったく、シエルも厄介なことを……」

「あはは……。そういうわけで、私はこの氷山が溶けるまでここを動けんのや。いや、氷山が溶けて魔物の巣を退治するまでやな」

「いいや、それは困る。そなたにはできるだけ早く来てもらわねば」

「せやかて、魔物の大量発生を放置するわけにはいかんよ。ラージャには賢者様が向かったんやろ？　なら私が行かなくても、大丈夫やって！」

ここは引けないとばかりに、強い口調で反発したケイナ。

いくらライザに脅《おど》されたところで、理由もなくこの場を離れるわけにはいかなかった。氷が溶ければ、再びアーミーフィッシュの脅威が沿岸を襲うのだから。

すると彼女の言い分を聞いたライザは、川面《かわも》を眺めて言う。

「ならば、いま私がその魔物をすべて退治しよう。これで問題はないはずだ」

「いや、ちゃんと説明聞いとったん？　魔物の巣はこの広いロナウのどこにあるのかもわからへんのやで？」

「この辺りなのは確かなのだろう？　ならば、すべて吹き飛ばせばいい」

「そんな無茶苦茶なこと……」

できるわけがない、と続けようとしたところでケイナは言葉を失った。

剣を構えたライザの身体から、ただならぬ覇気を帯びたからである。

燃え盛る炎のようなそれは、物理的な熱すら感じられるほどだった。

――この人、明らかにタダものやない！

ケイナは黙って一歩下がると、ライザから距離を取った。
そして――。
「飛斬《ひざん》・嵐翔撃《らんしょうげき》!!」
剣を低く構え、その場で素早く一回転したライザ。
風が唸《うな》りを上げ、大気が渦を巻いた。
たちまち小さな竜巻が生まれ、そこから無数の斬撃《ざんげき》が乱れ飛ぶ。
川面が波立ち、やがてそこから魚の群れが跳び上がった。
この地に巣食っていたアーマーフィッシュである。
さらに竜巻は水上を直進し、やがて氷山と衝突する。
「うひゃっ⁉　砕けた！」
――ドグオォン!!
巨大な地響きと共に、威容を誇っていた氷山が粉砕された。
飛沫《しぶき》が高く上がり、さながら水面下で何かが爆発《ばくはつ》したかのようである。
さらにその直後、打ち寄せる波と共にアーマーフィッシュの亡骸《なきがら》が打ち上げられた。
その数は膨大で、波を銀色に染め上げるかのようだ。
斬撃の嵐《あらし》によって、片っ端から駆除されたらしい。
「これで、このあたりにいた魔物はだいたい掃討《そうとう》できたのではないか？」

「せやね、この分ならもうほとんど残っとらんやろうなぁ……！」

わずか数十秒ほどの間に起きた大破壊。

ケイナは素直に信じることができないのか、何度も眼をこすった。

やがて現実を呑《の》み込《こ》んだ彼女は、改めてライザの方を見る。

「あんた、いったい何者なん？　これだけのことができるって、普通やないけど……」

「私はライザ。これでも剣聖の称号を持っている」

「け、剣聖様⁉　なんや、超大物やない……ですか！」

にわかに口調を改めると、急いで背筋をまっすぐにするケイナ。

剣聖といえば、場合によっては王に意見ができるほどの発言力を持つ人物。

ケイナもそれなりに社会的な地位はある方だが、さすがに態度を改めねばならなかった。

するとライザは、慌てるケイナを見て告げる。

「堅苦しいのは苦手だ、素のままで構わん」

「そうです……や、さよか？」

「ああ。それより、魔物の殲滅《せんめつ》は完了したのだ。そなたには、一刻も早くラージャまで来てほしい」

「もちろん、そのつもりや。すぐに快速馬車の手配をしてもらわんと！」

「待て、その必要はない！」

急いで街に向かおうとするケイナを、ライザは慌てて呼び止めた。

彼女はそのままケイナに背中を向けると、中腰になりながら自らの背を叩《たた》いて示す。

「私の背に乗れ。その方が馬車で移動するよりもずっと速い」

「えっ？」

いくら剣聖といえども、人を背負ってそれほど速く移動できるものなのだろうか。

そもそも、ロナウの河岸からラージャまでは馬車で一週間の距離である。

人を背負って歩くどころか、普通に歩いてたどり着くだけでも相当に大変だ。

とっさに様々な疑問が浮かんだケイナは、呼びかけにすぐ反応することができなかった。

するとそれをじれったいと思ったのか、ライザは直接ケイナの手を掴む。

「ほら、早くするんだ！」

「ああ、は、はい！」

「よし、行くぞ！」

ケイナの姿勢が安定したところで、ライザは遥か地平線の彼方を眺めた。

そして軽く前傾姿勢を取ると、力強く大地を蹴《け》り上げ――。

「はあああっ！」

「ひぃぃっ！　死ぬ、死ぬうううぅっ‼」

響き渡るケイナの絶叫。

だがそれに構うことなく、ライザは風を切り裂いて走り続けるのだった。
すべては、一刻も早く弟のもとへ帰るために――。

第六話

食らうもの

「んぐ……わっ！」

マリーンさんの家の工房にて。

俺《おれ》は椅子から転げ落ちそうになり、思わず変な声を出してしまった。

まずい、ついつい寝ちゃっていたか。

窓の外を見やれば、既に空がぼんやりと白み始めていた。

だいぶ疲れていたみたいだな、結構長いこと眠ってしまった。

「けど、ほぼ出来たんだよな……!!」

あれから徹夜で作業を続けること二日。

俺はとうとう、付与魔法を九割近くまで完成させることができた。

いやぁ、ここまでは本当に大変だった……。

アイデアを思い付いたはいいけれど、それを具現化するための調整に思いのほか手間取った。

特に、瞬時に液体を凍らせるのが難題だった。

魔法の威力が高すぎると、鎧《よろい》を着た人間まで凍らせてしまう危険があったからなぁ。

「あとはコイツに魔石の魔力を入れて……」

作業台の上に刻まれた魔法陣。

ちょうどその中心に、俺は三つの魔石を置いた。

うち二つは、この工房にあったものを譲り受けたもの。

そしてもう一つは、俺が前に仕留めたマグマタイタスのものである。

温度の調整をするうえで、熱を操《あやつ》るこの魔物の魔石は都合が良かった。

温めることができるのならば、それを反転させれば冷やすこともできるのだ。

「王冠より王国に至る道、光は返りて智慧《ちえ》を示す。東の賢者は黙して語らず、西の愚者は雄弁を振るう。我は――」

詠唱をしながら、仕上げの作業を進める。

魔石がにわかに液状化し、魔力の超流体と化した。

神々しいまでの光を放つそれは、ゆっくりゆっくりと衣へ吸い込まれていく。

こうしてしっかりと魔力を吸い込んだ衣は、闇《やみ》に浮かぶ金色の光を帯び始めた。

それにやや遅れて、三重の魔法陣がほんの一瞬だけ浮かび上がる。

上手《うま》く付与魔法を掛けることができた証拠だ。

「よっしゃ!!　……おっと」

開放感から声を上げたところで、慌てて口を閉じる。

いけないいけない、時間のことをすっかり忘れていた。

いくら老人の朝が早いとはいえ、この時間ならマリーンさんはまだ寝ていることだろう。

今ので起きたりは……していないかな？

「ふぅ、あぶないあぶない……。さてと、俺もそろそろ寝ようかな」

思い切り伸びをしながら、大あくびをする。

俺もそろそろ身体が限界だな。

疲労しすぎて、逆に目が冴《さ》えるような変な感覚がある。

これは早いうちに何とかしないと、明日どころか明後日に響いちゃうぞ。

「……この鎧を姉さんに渡すのが楽しみだなぁ」

俺はそうつぶやきながら、工房を後にするのだった。


――○●○――


「できましたよ、付与魔法！」

数時間後。

目を覚ました俺は、さっそくクルタさんとマリーンさんに報告をした。

するとたちまち、彼女たちの表情が明るくなる。

「すごいじゃないか！　その様子だと、うまくいったんだね？」

「ええ！　ばっちりだと思います！」

「ふふふ、よく頑張りましたねぇ。良ければ私にも、それを見せてもらえないかしら？」

「はい、もちろんいいですよ！」

俺はすぐさま鎧を取り出すと、マリーンさんの前に差し出した。

すると彼女は　懐《ふところ》から虫眼鏡を取り出し、鎧の様子を仔細《しさい》に観察する。

その目つきは真剣で、俺の仕事ぶりを確かめているかのようだった。

「……あなた、いい師匠を持ちましたね」

「はい？」

「付与魔法の術式に一切《いっさい》無駄がないわ。普通、自己流の癖《くせ》があったりするものなのだけど……あなたの師匠が丁寧に矯正したのでしょうね」

言われてみれば……。

付与魔法の練習をしていると「ここが無駄」とか「これは非効率」とかよく言われたなぁ。

付与自体はできているから問題ないと、その時は反発していたけれど……。

今思えば、俺に効率の良いやり方を教えてくれてたんだろうな。

あの口の悪さは、今思ってもなかなかひどいものだけども。

「それに、この付与は三重でしょう？　あなたぐらいの年で習得しているなんて、本当に珍しいわ」

「あはは……そうですかね？　これぐらい普通だって言われてきましたけど」

「これで普通なら、世界中の魔法使いが失業してしまいますよ」

そう言いながら、俺に鎧を返してくれるマリーンさん。

もともと一流の魔法使いだったであろう彼女の眼《め》から見ても、それなりのものに仕上がっていたようだ。

やれやれ、これで一安心ってとこだな。

あとは……実際に使って検証するまでだ。

「クルタさん。ちょっとお湯を持ってきてもらえますか？」

「いいけど、もしかしてそれの効果を試す気かい？」

「ええ。いざという時に使えなかったら困りますから」

「だったら、もっといいものがあるよ」

そう言うと、ニヤァっといたずらっぽい笑みを浮かべたクルタさん。

いったい何があるというのだろう？

自信満々に出て行った彼女を、俺とマリーンさんはしばし待つ。

そして――。

「ほい！　これを見てごらんよ」

「なんですか、この赤い液体は」

「ふふふ……竜血薬《りゅうけつやく》だよ」

げっ……!!

それはまた、とんでもないものを持ち出してきたな！

竜血薬というのは、大型の魔物討伐《とうばつ》に使うきわめて強力な劇薬だ。

あらかじめ刃に塗っておくと、傷口から魔物の身体を少しずつ溶かしてしまう。

最もこれを使ってしまうと、武器自体もそのあと使い物にならなくなるという大きな欠点があるが……。

耐性を持たない魔物なら、切り札となるようなものだ。

「よく持ってましたね……」

「あのスライムを倒すために、こっそり手配したんだ。あの手の不定形の魔物には、こういう毒が一番効くからね。もっとも、あんなにでっかい奴《やつ》になると普通に使っただけじゃ切り離されて終了だけど」

そう言って苦笑するクルタさん。

しかし、テストの相手としてはこれ以上ない代物である。

あのスライムの強酸に対抗するには、これぐらい耐えねばならないだろう。

俺はさっそく竜血薬の瓶《びん》を受け取ると、すぐさま栓を開けた。

だがしかし、次の瞬間――。

「おい、大変だぞ!!」

ロウガさんがひどく焦《あせ》った顔をして、部屋に飛び込んできたのだった。


―○●○―


「どうしたんですか？　そんなに焦った顔をして」

俺は実験を中断すると、部屋に駆け込んできたロウガさんの方を見やった。

すると彼は、胸に手を当てて息を整えながら言う。

「ライザが帰ってきたんだ！　例の研究員を連れて！」

「え？　姉さんが⁉」

一人で戻ってくるならともかく、研究員さんを連れて？

姉さん、あれだけの情報でよく発見できたものだな……。

ひょっとして、情報屋でも雇ったのだろうか？

ありえなくはないけど、それにしたってずいぶんと早い。

というか、移動するだけで時間が足りなくなるんじゃないか？

俺はあれこれ考えながら戸惑いを露《あら》わにするが、ロウガさんは急いで言う。

「それで、話があるからギルドへ来てくれって」

「はい！　わかりました、すぐ行きます！」

「ああ、頼むぞ。それで、例のプレゼントはできたのか？」

「最終試験はまだですが……何とか」

「やるじゃねえか！　俺はてっきり、あと一週間はかかるとみてたぜ」

驚いた顔をするロウガさん。

まあ、偶然いいアイデアを思い付いたからなんだけどね。

マリーンさんやクルタさんのサポートもあったことだし。

要は恵まれた環境だった、素早くできたってわけだ。

「じゃ、ボクも行こうかな」

「そうですね。たぶん、スライム討伐に関する話でしょうし」

「なら、ニノのやつも呼ばねえとな」

こうして俺たち三人は、途中でニノさんとも合流して姉さんが待つギルドへと急いだ。


――○●○――

「おお、ジーク！　待っていたぞ！」

俺たちがギルドの酒場兼用のフロアに入ると、すぐさま姉さんが声を上げた。

凄《すさ》まじいまでの強行軍をしてきた割には、ずいぶんと元気そうである。

さすがライザ姉さん、体力お化けぶりは相変わらずだな……。

「ああ、しんど……」

元気な姉さんとは対照的に、隣には青ざめた顔でテーブルに寄り掛かっている少女がいた。

彼女はいったい……誰《だれ》であろうか？

姉さんの知り合いにしては、見覚えのない顔だな。

「えっと……姉さん、この人は？」

「研究員のケイナだ」

「この人がそうだったんですか！　何だかちょっと、元気なさそうですけど」

ケイナさんといえば、この街に来る予定だった魔物研究所の研究員さんである。

その到着が遅れているので、姉さんが迎えに行ったのがそもそもの発端だ。

「……うぅ、目が回るわぁ。人間って、あんなに速く走れるもんなんやなぁ……」

くらくらとしながら、何事かつぶやくケイナさん。

これはもしかして……乗り物酔いでもしているのか？

目の焦点がろくに合っておらず、口調もふわふわとしている。

俺がとっさに姉さんの方を見やると、彼女は誤魔化《ごまか》すように視線をそらせた。

「……姉さん、どんな無茶したんですか？」

「べ、別に大したことはしてないぞ！」

「大したことしなきゃ、こんなふうにはならないと思うんですけど」

「そ、それはだな……」

「何か綺麗《きれい》な花畑が見えるでぇ……」

「あっ！　そっちに行っちゃダメだよ！」

何だかヤバい雰囲気になったケイナさん。

クルタさんはとっさにその肩を摑《つか》むと、ゆさゆさと揺らして正気を取り戻させようとする。

……いや、本当に姉さんなにしたんだよ。

俺が非難めいた目を向けると、姉さんは渋々ながらも語りだした。

「私はただ……少しでも早く戻ろうと思ってな。ケイナをおんぶしてきただけだ」

「それで走ったんですか」

「あ、ああ。ただ、配慮はしたぞ。途中の川を渡るときに水面《みなも》を走ったぐらいで、他は大したことはしていない！」

「いやいやいや。おんぶして水面を走る時点で、いろいろとおかしいだろ！」

思わず真顔でツッコミを入れるロウガさん。

俺とクルタさんも、彼に同調してうんうんとうなずいた。

いくら小柄な女性であるケイナさんとはいえ、それなりに体重はあるはずだ。

それをおんぶして水面を走って来たって、いったいどんだけだよ……。

いやまあ、姉さんは空気を蹴《け》って空飛べるような人ではあるけどさ。

さすがにちょっと予想外過ぎるぞ。

「……わ、悪かったな。反省しよう」

あれ……意外なほど素直だな？

前だったら絶対に自分の非を認めようとはしなかっただろうに。

ここ最近、姉さんの態度が柔らかくなっているような気がする。

「わかればいいですよ。それで、話っていうのは例のスライムに関することですか？　ケイナさんも来たことですし」

「そうじゃない。実はな……あのシエルがこの街に来ようとしている！」

「…………ええっ⁉」

あ、あのシエル姉さんが⁉

いつも研究のためとかどうとか言って、家を出ることすらめんどくさがっていたあのシエル姉さんがか⁉

こりゃ、いよいよ厄介なことになったぞ……！

猪突猛進《ちょとつもうしん》で脳筋なライザ姉さんと違って、シエル姉さんは賢者だ。

アエリア姉さんほどではないにしても、抜群に知恵が回る。

説得して帰ってもらおうとしたら、ライザ姉さんの比じゃないぐらい大変そうだ。

仮にもし、実力行使された場合はまず敵《かな》わない。

剣聖のライザ姉さんと比較すればマシだが、それでも俺では及《およ》ばないだろう。

「それで、大慌てでケイナさんを連れて戻って来たってわけですか」

「ああ。一刻も早くジークに知らせる必要があったからな」

「誰だ、そのシエルって言うのは？」

「女性の名前……ですか？」

こちらの事情を知らないロウガさんとニノさんが、ほぼ同時に尋ねてくる。

えーっと、これはどう説明するのがいいのかな。

姉が賢者で、それが街にやってくるとかいっても混乱を招きそうだし……。

というか、そもそもどれぐらい猶予《ゆうよ》はあるんだ？

さすがに明日来るとかなったら困るぞ！

「と、とりあえず落ち着いて話しましょう！　人に聞かれないように場所も移して――」

「ケイナさん、マスターを連れてきましたよ！」

俺が場所を移そうとしたところで、受付嬢さんが現れた。

まずいことに、その後ろにはマスターまでいる。

姉さんがケイナさんを連れて来たので、さっそく調査のことで話をしに来たようだ。

た、タイミング悪いぞ……⁉

「ど、どうすればいいんじゃ⁉」

自分のキャパシティを超えそうになった俺は、思わず変な口調で声を上げた。

俺の動揺ぶりに皆は驚くが、マスターだけは平静さを保ったまま言う。

年の功というべきか、それだけ場数を踏んできているということだろう。

ちょ、ちょっと恥ずかしいな……。

落ち着き払った様子のマスターを見て、俺もどうにか心を静める。

「……ひとまずこっちへ来てくれ。例のスライムについての話をしたい」

そうだな、とりあえずは……例のスライムのことを優先した方がいいだろう。

シエル姉さんが来たからといって、即座にギルドへ調べに来るとは限らないし。

このラージャは冒険者の聖地とも言われる都会である。

その中から俺一人を見つけ出すなんて、シエル姉さんといえども簡単ではないだろう。

一応、いざという時のために偽名も使っていることだし。

時間の猶予は少しぐらい……あるはずだ。

「……わかりました。じゃあ、行きましょうか」

「俺も参加していいか？　この前はいなかったがよ。重大なことなんだろう？」

「ああ、もちろん構わない。有力な冒険者の助けは少しでも欲しいところだ」

こうして俺たちは、マスターに連れられてギルドの応接室へと移動した。

置かれていたソファに腰を下ろすと、すぐに受付嬢さんがお茶を出してくれる。

ハーブティーか何かだろうか、爽《さわ》やかな香りが漂ってきた。

ここでようやく、少し調子を戻したケイナさんが語りだす。

「……んっと。あんたがうちの研究所に依頼を出したマスターやな？」

「ああ、そうだ。君も、ケイナ君で間違いないね？」

「もちろんや。この白衣の紋章、魔物研究所のもんで間違いないはずやで」

ケイナさんは白衣の胸のあたりを撫《な》でた。

よく見ると、そこにはフラスコを模したような紋章が刺繡《ししゅう》されている。

何らかの付与魔法が施されているのであろう。

ほんのわずかにだが、紋章が青い光を放っている。

「失礼しますね。……はい、間違いありません！」

虫眼鏡《むしめがね》で紋章の確認をした受付嬢さんが、グッと親指を立てる。

それに対して、ケイナさんは当然とばかりに鼻を鳴らした。

「あたり前やろ。それで、スライムについてやったっけ？　ライザから簡単な話は聞いとるで」

「おお、ならば話は早い。実はもともと魔物の分布が乱れていたのですが――」

改めて事態の説明をするマスター。

彼の話を一通り聞くと、ケイナさんはふむふむと興味深そうにうなずく。

その眉間《みけん》には深い皺《しわ》が寄り、頭脳をフル回転させているようだ。

「じゃあ、事前調査依頼はもう済んどるんやな？　資料はもうまとまっとる？」

「はい！　もちろんです！」

「問題のスライムのサンプルはあらへんの？」

「それもありますよ！」

「ならそれも持ってきて。できるだけ早めに頼むわ」

先ほどまでのふにゃふにゃとした様子はどこへやら。

ケイナさんは実にテキパキと指示を飛ばしていった。

そして一通りのことを終えると、改めて俺たちの方を見やる。

「さてと、準備が整うまでの間にもっと詳しい話を聞かせてもらいましょか」

「はい」

「特にライザは、そのスライムの酸を浴びた当事者や。たっぷり話を聞かせてもらわんとなぁ？」

「ああ、もちろん構わないが……」

妙に含みのある顔で告げるケイナさん。

その額には、うっすらと青筋が浮かび上がっていた。

ああ、これは……！

どうやらケイナさん、姉さんにひどい目にあわされたことを根に持っていたようだ。

だからここで質問攻めにでもして、仕返しをするつもりらしい。

姉さんもすぐにそのことを察したのか、返答する声がわずかに震えていた。

ライザ姉さんは、そういうのがとにかく苦手だからなぁ……。

「じゃあまずは、スライムの大きさや色について教えてくれへんか」

「あ、ああ」

こうして姉さんが質問攻めにあうことしばし。

ソファにもたれてぐったりとし始めたところで、資料の準備をしていた受付嬢さんがようやく応接室へと戻ってきた。

これは……すごい量だな！

俺たちは受付嬢さんが持ってきた資料の山を見て、たまらず息を呑《の》んだ。

グラグラと揺れるそれは、まさしく圧巻の量である。

これだけの量、読み解くのにいったいどれほど時間がかかるのだろう。

しかし、ケイナさんはその圧倒的な物量に臆《おく》することなく言う。

「ありがとさん！　これをもとに、もう少し詳しく聞かせてもらおか」

「ま、まだ質問事項があるのか⁉」

「せやで。他の三人にも、聞きたいことがあるで」

げ、俺たちにもか……!

ニタァッとどこか愉《たの》しげに笑ったケイナさんに、背筋が震えた。

これは……かなりの長丁場を覚悟しないといけなさそうだな。

「……逃げられなさそうだな」

「ははは……覚悟を決めるしかなさそうだね」

苦笑するロウガさんとクルタさん。

ニノさんもまた、口にはしないが非常に渋い表情をしていた。

そんな俺たちのことに構うことなく、ケイナさんは容赦なく質問を投げかけてくる。

「えっと、まずは――」

こうして、質問に答え続けること小一時間。

俺たちがすっかり疲弊《ひへい》したところでケイナさんの表情が曇って来た。

彼女は試験管に入ったスライムの欠片《かけら》を見ながら、眼を細めて渋い顔つきをする。

何だろう、このスライムはもしかして……それほどにヤバいものなのか?

だんだんと不穏さを漂わせる彼女の表情に耐えかねたように、マスターが尋ねる。

「それで……どうなんですか?」

「これはかなりマズいことになったかもしれへん……」

「そんなに危険な種だったんですか」

「……ちょっと、水を持ってきてもらえへんやろか？」

「あ、はい！」

ケイナさんに促され、受付嬢さんがすぐさま桶《おけ》にいっぱいの水を持ってきた。

すると彼女はスライムの入った試験管の栓をおもむろに開き――。

「それっ!!」

チャポンッと気持ちのいい音がして、スライムが水へと入った。

だがその次の瞬間、俺たちは思わず目を疑った。

親指の先ほどしかなかったスライムが、あっという間に水を吸いつくし巨大化したのだ。

その勢いときたら、まるで爆発《ばくはつ》したかのようだ。

「な、なんだこれは……!?」

「百倍……いや、千倍ぐらいに膨れたぞ!?」

「おいおいおい……なんだこりゃ!!」

桶から溢れ出し、なおも増えようとするスライム。

その異様な姿を見て、俺たちはたまらず悲鳴を上げるのだった――。


―○●○―

「こりゃまた、とんでもないもんだな……」

親指の先ほどから桶《おけ》いっぱいにまで膨れ上がり、なおも巨大化しようと蠢《うごめ》くスライム。

赤く脈打つそれは、何かの心臓のようで見ていて気味が悪かった。

まさか、水を吸っただけでここまで一気に膨れ上がってしまうとは。

俺たちやマスターはおろか、修羅場《しゅらば》に慣れているはずの姉さんまでもが息を呑んだ。

彼女は俺たちを庇《かば》うようにスライムの前に出ると、鋭い眼差《まなざ》しでその様子を観察する。

「こいつは……何なのだ？」

「グラトニースライムって種やね。超酸性の体液を放出して、何でも溶かして食ってしまう恐ろしいスライムや。特に水分があると、こうやって一気に膨れ上がって手が付けられんようになってしまう」

「恐ろしいな……そんなスライムがいたのかよ」

「私も、実物を見るのは初めてやね。古い記録でしか知らんかったわ。もう何百年も前に絶滅したって言われてるはずの種やで」

「そんなのがどうしてまた？」

俺の問いかけに対して、ケイナさんは困ったように首を横に振った。

残念ながら、彼女にもわからないことらしい。

まさか、魔族か何かが人為的に古代の危険種を復活させたのか……？

とっさに嫌な考えが脳裏《のうり》を巡った。

ここ最近、ラージャ周辺では魔族の動きが活発化している。

人より遥かに寿命の長い彼らなら、古代のスライムをこっそり保持していてもおかしくはないだろうし……。

「……とりあえず、現れてしまったものは仕方がない。重要なのはこれからだ」

思考の袋小路に陥《おちい》りそうになったところで、マスターが話を仕切りなおした。

彼はそのままケイナさんの方を見やると、やや重々しい口調で尋ねる。

「それで、そのグラトニースライムに弱点はないのか？」

「ええっと……『カルアデア王記紀』によると、こいつの弱点は確か……」

腕組みをしながら、うんうんと唸《うな》り始めるケイナさん。

やがて彼女は、パチンッと指を弾《はじ》いて言う。

「炎や！　カルアデア王は、炎でこいつを焼き払ったはずや！」

「え？　そんな馬鹿《ばか》な！」

「なんや、ずいぶんと驚いた顔をして」

「いや、だって……」

グラトニースライムに対して、俺は上級の火炎魔法を放った。

にもかかわらず、ほとんどといっていいほどダメージを与えられなかったのである。

それが弱点だとは到底思えなかった。

ライザ姉さんたちも俺と同じく信じられないのか、すぐさま尋ねる。

「本当なのか？　グラトニースライムには、以前、ジークが上級火炎魔法をぶつけたが……効かなかったぞ？」

「うーん、あくまで他と比べれば効きやすいってレベルやからねぇ。そもそもこのスライム、あらゆるものに対して耐性が非常に高いんよ。物理攻撃はもちろん、魔法にもほぼ完璧《かんぺき》な耐性がある」

「まるで完全生命体ですね……何と厄介な」

「さすがの私も、こいつを倒すのは困難だな。聖剣でもあれば話は別なのだが……」

腕組みをしながら、つぶやくライザ姉さん。

聖剣というのは、ウィンスター王国が保有する対魔族用の決戦兵器である。

かつての勇者が魔王との決戦の際に使用したもので、あらゆる魔を浄化して消し去る聖の気が宿っている。

これをライザ姉さんが振るえば、この厄介なスライムを倒すことも十分可能だが……。

聖剣を使用するためには厳格な手続きが必要で、王様ですら実物を見たことがないらしい。

それこそ人類滅亡の危機でもないと、使わせてもらうのは無理だろう。

「何か、いい方法はないんですか？　あのまま放置しておくわけにもいきませんし」

「そやねぇ……超級魔法なら、ほぼ間違いなく焼き払えるはずやで」

超級って……現在それを使えるのは、賢者のシエル姉さんぐらいだな。

いやでも、シエル姉さんと会うのはちょっと……。

俺とライザ姉さんは、互いに顔を見合わせた。

事情が事情なだけに協力を仰《あお》ぐべきなんだろうけど、連れ戻されるのはほぼ確実だからなぁ。

シエル姉さんはライザ姉さんと違って、脳筋じゃないから説得困難だし……。

けど、街の一大事にそんな個人的な事情を持ち出すのも……。

俺たちが悩んでいると、ケイナさんは言う。

「……まあ、超級魔法が使える魔法使いなんてそうそうおらんからなぁ。Sランク冒険者に招集をかけるしかないんやないか？」

「うむ、Sランクの天魔導師殿ならあるいはと言ったところだな」

「すぐに連絡を取ってきます！」

お辞儀をすると、すぐさま部屋を出て行く受付嬢さん。

まったく、思っていた以上に大事になってきたな。

広い応接室がにわかに緊張感で満ちていく。

「ところで、グラトニースライムが出現したラズコーの谷って場所なんやけども」

「なんだ？」

「まさか、水でいっぱいになるようなことはあらへんよな？　そうなるともう、どうしようもなくなるで」

「ああ、そのことか。だったら心配はない。あそこは嵐《あらし》でも来ない限りは常にからっぽだ」

……それならば、ひとまずは安心か。

俺たちはほっと胸を撫でおろした。

大陸の中心近くに位置するラージャ周辺に、嵐などそうそう来るものではない。

せいぜい数十年に一度あるかないかくらいだ。

特に今は、気候も穏やかで晴天が続く時期である。

「とにかく、今は急いで何らかの対策をしないといけないですね」

「そやね。……とりあえず、私を現地に連れて行ってくれへんか？　どの程度まで巨大化しとるかとか、さらに詳しい状況が知りたいわ」

「わかった。じゃあ、またジーク君たちのパーティにお願いできるか？」

「もちろんです！　急ぎましょう！」

「私も行こう。今度こそ後れは取らん！」

リベンジを誓って、硬く拳《こぶし》を握り締めるライザ姉さん。

その眼の奥では、熱い炎が燃えていた。

修理して俺が新たに付与を施した鎧もあることだし、頼もしい限りだ。

「では、こちらの方で依頼扱いとして処理しておこう。さっそく出かけてくれ！」

「はい！」

こうして俺たちパーティとケイナさんは、再びラズコーの谷へと向かうのであった――。

第七話　戦いの前の休息

ラズコーの谷へと向かう道中のこと。
俺《おれ》たち五人とケイナさんは、谷へと通じる森で野営をした。
街を出る時間が少し遅かったので、途中で夜を迎えたのだ。
応接室で増殖させたスライムの処理に、かなり手間を取ったからなぁ……。
最終的に、バーグさんのお店まで持って行って炉で焼き尽くしてもらった。
さすがのグラトニースライムも、溶鉱炉の圧倒的な火力には敵《かな》わず灰となったが……。
逆にそのぐらいしなければ処理できなかったのだ。
「さて……そろそろ食事の支度《したく》をしようではないか」
パンと手を叩《たた》く姉さん。
彼女は背負っていたマジックバッグを開くと、すぐさま調理器具を取り出す。
何だか姉さん、やけに気合が入ってるな？
ピカピカに磨かれた鍋《なべ》を持つ顔は、緊迫した状況にもかかわらず嬉《うれ》しそうだ。
「こんなときに、のんきに料理しとる場合なん？」

「こういう時だからこそ、落ち着いて食事をするのだ。腹が減っては戦《いくさ》はできぬからな」

「その意見には、ボクも賛成かな。何が起きるかわからないし」

「そうですね。英気を養うのは重要です」

姉さんの言葉に、クルタさんたちも同意する。

こういう時だからこそしっかり食べようというのは、確かにその通りだな。

ラズコーの谷へ行ってしまったら、食事を取る時間もないかもしれないし。

「料理は私がやろう」

「え？　姉さん出来るんですか？」

俺がそう尋ねると、姉さんはふふんと自慢げに鼻を鳴らした。

彼女は手にした包丁をくるくるっと回すと、自信満々に答える。

「もちろんだとも。そういえばジークは、私の料理を食べたことはなかったか」

「ええ……まあ」

実家の屋敷にはコックさんがいたからなぁ。

姉さんたちが料理を作る機会自体が、ほとんどなかった。

たまにあるとしても、もっぱらアエリア姉さんの担当だったな。

商会の伝手《つて》で珍しい食材を仕入れては、自ら料理していた。

美食家は自分でも料理をする人が多いというが、アエリア姉さんはまさにそのタイプ。

いろいろとこだわって、いつもプロ級の料理を作っていた。

一方で、ライザ姉さんは……美味《おい》しそうにご飯を食べていたという印象しかない。

作っていた記憶はないというか、そもそも料理ができるのか？

何か、黒い塊とかそういうのを生み出しそうな気配しかしないぞ。

「なんだ、その渋い顔は？　まさか、私が料理できないと思っていたのか？」

「……だって、姉さんがしてるとこ見たことないし」

「それは心外だな。しないだけであって、できないわけじゃないぞ。一人で修行の旅に出ることもあったしな」

……言われてみれば。

剣聖になる前に、姉さん一人で大陸各地を巡る修行の旅に出ていたっけ。

旅先で野営をした時に自分で料理をしたことぐらいは、当然あるだろう。

そう考えれば、できない方がむしろ不自然……なのかもしれない。

「そういうことなら、ボクも手伝うよ」

俺が何とも渋い顔をしていると、クルタさんが手を上げた。

彼女が加わってくれるなら、少し安心できるだろうか。

何となくだけどクルタさんってそういうの出来そうなイメージあるし。

「おい、露骨に安心した顔をするな！　いいだろう、私が腕によりをかけてうまいものを作ってやる！」

「お、そいつは楽しみだな！」

「せやね、待っとるで！」

完全に傍観者のような気分で煽《あお》るロウガさんとケイナさん。

それを受けて、姉さんとクルタさんはますますヒートアップした。

二人は互いに顔を突き合わせると、視線をぶつけて火花を散らせる。

うわぁ、何だか思わぬ流れになってきたぞ……！

「ニノ、手伝って！」

「はい、お姉さま！」

「負けないぞ！　ならば、こちらは包丁二刀流だ！」

こうして、突如として始まってしまった料理対決。

俺は意外にも手際よく調理を進めていく姉さんの手元を、固唾《かたず》をのんで見守っていた。

するとここで、ふとケイナさんが水筒の水を飲みながら言う。

「そういえば、さっきからちょっと暑うない？」

「そりゃ、目の前であんな対決してればそうなりますよ」

「いやまあ、それもあるんやろうけど……普通に気温自体が高いような？」

首を傾《かし》げるケイナさん。

言われてみれば、そんなような気がしないでもない。

心なしか、ムシムシと湿度が高いような感じもした。

「こりゃ、一雨来るかもしれねえな」

「それ、本当ですか？」

「ああ。だが心配するほどにはならねえだろ。ラズコーの谷が水没するなんて、ラージャに二十年住んでる俺でも聞いたことがねえからな」

一瞬不安げな顔をした俺に、平気平気と余裕を見せるロウガさん。

冒険者歴二十年以上の大ベテランが言うのだ。

ここはまあ、安心してもいいだろう。

俺がほっと一息ついたところで、姉さんたちの料理の方も終わったようだ。

「よし、できたぞ！　特製ビーフシチューだ！」

「こっちは特製茸《きのこ》入りバターライスだよ！」

「付け合わせのサラダです、どうぞ」

姉さんたちは、三人それぞれに料理を差し出してきた。

クルタさんの手伝いに入ったニノさんも、どうやら一品任されたらしい。

どれ……まずはクルタさんのバターライスから食べてみようか。

「んッ！　香ばしくって、美味《おい》しい！　お米がパラっとして口の中がべたつかないですね。茸の旨味《うまみ》もすごくよく出てます！」

「ふふふーん!!　ま、ボク自慢のメニューだからね！」

「次は……姉さんのシチューですか」

果たして……ちゃんと美味しいのだろうか？

見た目は及第点以上、匂《にお》いは……悪くない。

ワインでも使ったのだろうか、ほのかにフルーティーな香りがする。

それに肉の脂に由来する食欲をそそるような匂いも混じっていて、実に美味しそうだ。

料理ができると言うだけのことはあるというか……これは予想以上かもしれない。

「いただきます！」

緊張の一瞬。

俺はゆっくりと、スプーンをシチューが入った器へと伸ばす。

「はむ……！」

恐る恐る、姉さん特製のビーフシチューを口へと運んだ。

すると……意外なほどに美味しい。

一口大の肉が口の中でほろほろと崩れて、肉汁が溢《あふ》れ出してくる。

とろりとした肉のゼラチン質が、これまたいい味わいだ。

しかも、これほど濃厚であるにもかかわらずしつこさは全くといっていいほどない。

「おおお……!!」

あまりの美味しさに、俺は思わず感嘆の息を漏《も》らした。

まさか、ライザ姉さんがここまで料理上手だったとは……!

よくぞこれだけのビーフシチューを、野営先で作り上げたものだ。

そりゃ、自信満々にもなるはずだ。

「姉さん、すごいじゃないか! 本当に美味しいよ!」

「ふふ、そうだろうそうだろう! ……本当に、は余計だがな!」

「ボクにもちょっと貰《もら》えるかな?」

「もちろんだ」

ふふふんっと鼻歌を唄《うた》いながら、すっかり上機嫌なライザ姉さん。

彼女は差し出された器に、たっぷりとビーフシチューをよそった。

クルタさんはすぐさまスプーンを手にすると、はふはふと言いながらそれを口に運ぶ。

その途端、大きな目が幸せそうに緩《ゆる》む。

「んんーー! おいしい、悔しいけどこれは負けたかもなぁ……」

「これが私の実力というやつだ。うんうん」

「俺にも食べさせてくれよ」

「私も欲しいわぁ。よだれが出てきたで!」

「そう焦《あせ》るな、皆の分もたっぷりと作ってある！」

ロウガさんたちも加わり、そのまま楽しい夕食会が始まった。

それにしても、旅先でこんなに美味しいものが食べられるとは！

自然と会話も弾み、幸せな空気がその場に満ちる。

いよいよ明日はラズコーの谷に到着する。

あのスライムをどう処理するかは未定だが、恐らくはかなりの重労働が待ち受けていること
だろう。

今のうちにしっかりと休んでおかなきゃな。

俺の場合……谷底へ行くだけでも結構大変だし。

「あ、そういえば！　ニノのサラダを忘れていたじゃないか！」

ここでふと、姉さんが思い出したように言った。

シチューが美味しすぎてすっかり忘れていたが、そういえばそうだった。

当のニノさん本人もうっかりしていたのか、少し慌てた様子でサラダを器によそう。

いつも冷静な彼女にしては、少し珍しい感じだ。

「どうぞ」

「いただきます！」

特製のドレッシングをかけると、俺たち五人はほぼ同時にサラダを口へと運んだ。

すると――。

「からぁっ!!　それに、なんか変に苦い！」

「おま、野菜を何で洗ったんだ!?　石鹸《せっけん》か何かか!?」

「あかん……吐きそう！」

「わっ！　ケイナさん!!」

あまりの味に、阿鼻叫喚《あびきょうかん》の地獄が現出した。

ケイナさんに至っては、口から何かを吐き出そうとしてしまっている。

ま、まさか……ニノさんがこういうタイプだったとは。

完全な伏兵だったな。

うう、俺もちょっと気持ちが悪くなってきた。

とっさにポーションを取り出すと、それをみんなにも手渡す。

「ふ、ふぅ……恐ろしいものだった」

「ああ。まさか、谷に着く前にこんなことになるとはな」

ポーションを飲んで、少し顔色が良くなる俺たち。

一方で、サラダを作った当人であるニノさんは少し不満げだ。

「……そんなにマズいですか、私のサラダは」

「えっと……そうだな。個性的な味ではあったな」

はっきりとは言いづらいのか、少し誤魔化《ごまか》した表現をするロウガさん。

大人だなぁと感心するが、顔色の悪さからマズいのは明らかであった。

それどころか、血の気が失せた唇からは味の悪さを通り越した危険さが伝わってくる。

「私も食べてみます、味見はしましたが何か変わっているかもしれないので」

そう言うと、サラダを口に運ぶニノさん。

まさか、彼女の感覚だとこのサラダが美味しいのか……？

前に一緒に食事をした時は、そんなにズレているとは思わなかったんだけどな。

俺はとっさに、ニノさんのことについて詳しそうなクルタさんへと視線を向けた。

すると彼女もまた、わからないとばかりに困惑した顔をする。

そして――。

「……これは、最後に入れた&$%（!!」

「ニノさん!?」

何事かつぶやきながら、白目をむいてひっくり返るニノさん。

い、一体最後に何を入れたって言うんだ……!?

いや、それよりもまずは手当てをしないと！

「ええっと、水！　水を持ってきてください！」

「わ、わかったよ！」

「私は気付け薬の準備しとくわ！」

「ぽ、ポーションも急げ！」

ニノさんを横にすると、大慌てであれこれと準備をする俺たち。

穏やかだった野営地は、にわかに慌ただしい空気に包まれたのだった。


—○●○—


「まったく、ニノも人騒がせだな！」

「失礼しました。最後に間違った材料を入れてしまったようで」

それから数十分後。

無事に意識を取り戻したニノさんは、俺たちにぺこりと頭を下げた。

やれやれ、ひとまずは大したことがなくてよかったよ。

「しかし意外だったね。ニノが全く料理できないなんて」

「……お恥ずかしい限りです」

「というか、普段はどうしてたのさ？　街にいる時は外で済ますにしても、依頼で出た時とかさ」

「ああ、それなら俺がほとんど作ってたぜ」

え？　ロウガさんが？

それはちょっと予想外だな、料理とかやらないタイプだと思ってたのに。

俺が感心したような顔をすると、ロウガさんはわかってないなとばかりに肩をすくめる。

「最近の男は料理の一つぐらいできねえとモテないからな」

「……ああ、なるほど」

「ロウガはすべてがそこに直結するよね」

「お、男の人生なんてのはな！　女にモテれば九割ぐらい幸せなんだよ！」

腰に手を当てて、どうだと言わんばかりに力強く主張するロウガさん。

だがその主張内容のくだらなさに、女性陣はどことなく冷たい視線を返す。

……俺もあんまりこうなりたくはないなぁ。

そんなことを思っていると、ライザ姉さんがしょんぼりしていたニノさんに切り出す。

「そういうことなら、あとで少し料理を教えてやろうじゃないか」

「……ありがとうございます」

「それなら、ボクも手伝うよ。ニノはボクの妹みたいなものだし」

「お姉さま!!」

興奮したニノさんは、そのままクルタさんに抱き着こうとした。

だがここで、彼女はおやっと瞼《まぶた》を擦《こす》る。

「いけませんね、興奮しすぎて何だか目がチカチカ……」

「あれ？　なんか俺も……光りましたね」

空が一瞬、白くなったような気がした。

まずいな、変なものを食べたせいで幻覚が見え始めているのか？

念のためポーションをもう一本飲んでおこうと考えたところで、轟音《ごうおん》が天を震わせる。

これは……雷だ‼

さらに、何か冷たいものが頬《ほお》を打つ。

「雨？」

「……おいおい、嫌な予感がしてきたぜ」

嵐《あらし》でも来ない限り、ラズコーの谷が水で溢れるようなことはない。

マスターはそう言っていたのだが、逆に嵐が来て大雨が降れば水で溢れるのである。

再び響いた雷鳴を聞いて、俺たち六人の顔が強張《こわば》る。

バリバリと引き裂くような音の感じからして、先ほどよりもだいぶ近かった。

雷雲はドンドンとこちらに近づいてきている。

そして、その行く先は……ラズコーの谷だ！

「……急ぐぞ！　野営は中止だ！」

「ええ‼」

ロウガさんの呼びかけに、皆が揃《そろ》って返事をした。
こうして俺たち五人は、急いでラズコーの谷へと走るのだった――。

間話　賢者と雨雲

「ふぅ……やっとラージャの近くまで来たわね！」

大河ロナウを越えて、西へ進むことはや数日。

シエルはようやく、ラージャにほど近い宿場町へとたどり着いていた。

馬車を乗り継いでの強行日程であったが、ここを出てしまえば目的地まではあと一日か二日。

そこはかとない達成感からか、自然と笑みがこぼれてくる。

「さすがに汗をかいちゃったわね。お風呂《ふろ》に入らないと……」

浄化の魔法で誤魔化《ごまか》してはいたが、さすがに何日も風呂に入っていないので気分が悪い。

ここはお金を惜しまず、大きな風呂のある町で一番良い宿を取ろう。

そう決意したシエルは、パッと目についた大きなホテルへと向かった。

するとここで、彼女の視界がにわかにちらつく。

「あれ？　疲れてるのかしらね……」

眼《め》をごしごしと擦《こす》るシエル。

思えばここ数日は、睡眠時間もかなり削っていた。

さすがに無理をしすぎたかと反省していると、遠くから小さな爆発音《ばくはつ》のようなものが聞こえてくる。

「雷？　またえらく時期外れね」

ラージャ周辺で雷雲が発生する時期は限られている。

記憶では、あと数か月は先だったはずだ。

それ以外の時期で雷雨に見舞われるなど、よほどのことがない限りあり得ない。

――こりゃまたついてない……。

シエルがやれやれとため息をつくと、その心情に合わせるかのように大粒の雨が降ってくる。

バラバラと落ちてくるそれは、肌に当たると痛いほどであった。

「やばっ！」

慌てて近くの軒下へと避難するシエル。

びしょ濡《ぬ》れになってしまった彼女は、そのままうんざりしたように空を見上げた。

すると雷光に照らされて、人影のようなものが一瞬だが浮かび上がる。

一様に垂れこめた黒雲の中で、その存在は小さいながらも目立っていた。

「……何かしら、あれ？」

見間違いかとも思ったが、シエルは割に眼が良い方である。

どことなく、嫌な予感がした。

シエルは軒先から外へと出ると、すぐさま人影が見えた方角に向かって魔法を放つ。
完全無詠唱の探査魔法。
魔力の波を相手にぶつけて、その反響を確認するという単純なものだ。
しかしその効果は絶大で、鳥などの見間違いであればすぐにわかるはずであった。
すると――。
「魔力波が消えた？　小賢《こざか》しいことするわね！」
魔力波の反応が、途中で綺麗《きれい》に消失した。
これは明らかに人為的な反応だ。
正体を探られたくない何者かが、シエルの魔力波を打ち消すように術を使ったのだ。
「はんッ！　そんなのがこの私に通用するもんですかッと！　ジニア・エクレール‼」
即座に展開される三重の魔法陣。
青白い雷撃が指先から迸《ほとばし》り、天へと駆け上った。
上級雷魔法ジニア・エクレール。
巨大な魔物をも一撃で打ち倒す攻撃魔法である。
いきなり撃つような威力のものではないが、これでも平気だとシエルは確信していた。
魔力波を誤魔化した手際の良さからして、相手もかなりの熟達者だと判断したのだ。
「結界魔法か！」

案の定、シエルの放った雷を敵は結界で防いだ。

ガラスが砕けるような独特の音が響き渡る。

シエルにとってはほんの小手調べ程度のものではあるが、上級魔法を防ぐ結界はなかなか大したものだ。

「だったらこれでどうよ！　トロワ・エクレール‼」

刹那《せつな》に放たれた雷の三連撃。

稲光が宙を切り裂き、夜空を白く染め上げる。

共鳴し、天を揺さぶる轟雷《ごうおん》。

その様子に、近くにいた街の人々までもが空を見上げた。

すると、雲に隠れる何者かは彼らの視線をうっとうしく思ったのだろうか。

雨が人々を追い払うかのように勢いを増していく。

「わっ！　眼を開けてらんないわね！」

風圧すら伴っているような豪雨。

さすがのシエルもたまらず軒下へと避難した。

そうしている間にも、空を覆《おお》っていた黒雲がゆっくりながら眼に見える速さで西へと流れていく。

「こら、逃げるな‼　私にビビってるわけ⁉」

すぐさま相手を挑発するシエルであったが、反応はなかった。

それどころか、心なしか雲の進む速度が速くなる。

敵は完全にシエルからの逃亡を選択したようであった。

「……何だったのかしらね？」

十分ほどが過ぎた後。

雷雲は遥《はる》か彼方《かなた》へと通り過ぎ、平穏な夜空が戻ってきた。

シエルは避難していた軒先から通りへと出ると、雷雲が向かっていった方角を見やる。

「向こうに何かある……？　ねえちょっと、いいかしら？」

そう言って、シエルはたまたま通りがかった男を呼び止めた。

彼女はそのまま雲が飛び去った方角を指さして尋ねる。

「あっちの方角に何かない？」

「あっち？　ラージャとは少し違うし……何もないはずだがな」

「小さなものでもいいのよ。山とか森とか」

「そうだなぁ……しいて言うなら、ラズコーの谷があるな」

「ラズコーの谷？」

聞きなれない地名に、シエルの眼がにわかに細くなった。

彼女は男との距離をズイっと詰めると、さながら尋問でもするように言う。

「そのラズコーの谷で、最近変わったことが起きたりしてない？　どんな小さなことでもいいからさ」

「そう言われても、俺《おれ》は別に――」

「何でもいいからさ、教えてちょうだいよ」

有無を言わせぬ強い態度。

その少女らしからぬ威圧感に、男の方がビクリと震えた。

肉弾戦を得意としないシエルではあるが、身体強化魔法を用いればこの男を文字通り潰《つぶ》すぐらいは容易《たやす》いのだ。

その戦闘力を察したのか、男は青い顔をしながら早口で言う。

「そ、そういえば！　冒険者の連中が言ってたな、ギルドが谷を封鎖したって！」

「ギルドって、冒険者ギルド？」

「ああ、詳しいことは知らされてないそうだがな。谷で地滑りか何かでもあったんじゃねえかって話だ」

男の話を聞いて、ふむと考えこむシエル。

彼が言うようにただの地滑りなどであれば、ギルドは間違いなく理由を公表するだろう。

興味本位で近づくような冒険者がいれば、非常に危険だからである。

わざわざ理由を非公開にしているということは、表に出せない何かがあったに違いない。

「なるほど、これは行くしかないわね。……よし、あいつにするか」

道の端に止められていた一頭の馬。

それにまたがると、シエルは即座に身体強化魔法を掛ける。

彼女の体を覆いつくした魔法のオーラは、そのまま乗っていた馬までも覆った。

本来ならば人間に用いる身体強化魔法。

それをシエルは、動物にまで応用することに成功していた。

賢者である彼女だからこそできる、高等技術である。

「いくわよっ！　とりゃっ！」

「あっ！　馬泥棒!!」

「これで足りるでしょ!!」

慌てて走り寄ってきた馬の持ち主に、金貨の入った財布を投げてよこす。

馬の代金の軽く十倍近い金額が入っていたはずだが、構いはしなかった。

今は何よりも、急いでラズコーの谷へと向かわねばならない。

どことなくではあるが、シエルは嫌な予感がしたのだ。

このラズコーの谷という場所に――。

「まさかいないでしょうね、ノア!!」

不安な姉の叫びが、夜空を貫いた。

第八話

谷中の死闘

「ちっ、ひどい雨だな！」

「こらあかん、前が見えへん！」

雷とともに降り始めた雨。

それは次第に勢いを増し、今では滝のような様相を呈していた。

横殴りに打ち付けてくるその勢いで、目を開けているだけでも辛《つら》いほどだ。

「ロウガ、お前のデカイ盾でこの雨を防げないか？」

「無茶言うなよ！　いくら俺《おれ》の盾がデカイっていったって、こいつは専門外だ！」

「じゃあジーク、何かないのかい？　こういうのを防げる魔法！」

「ええっと……」

結界としてよく用いるサンクテェールの魔法は、あくまで不浄なるものを防ぐためのもの。

雨を防ぐためのものとしては不適格というか、そもそも防げない。

これをどうにかするためには……風の魔法だな！

「みんな、俺の周りに集まってください！　風の結界を張ります！」

俺を中心として、輪になって集まる五人。

互いの服と服が触れ合い、わずかにだが体温も伝わってきた。

ここまで密着すれば、効果範囲は十分だろう。

すぐさま魔力を練り上げると、魔法名を叫ぶ。

「ラファル・ミュール‼」

不可視の風の膜が、たちまち俺たち六人を覆《おお》った。

雨粒はその壁を破ることが出来ず、瞬く間に四散していく。

ふぅ、これで一息ついたな。

あとはこの膜から外に出ないように、進んでいくだけだ。

「やれやれだな。だが……」

「うん、こうなってくると少し心配やね。このまま雨の量が増えると、あかんのちゃう？」

もしも、この雨が止《や》まずにラズコーの谷が水で溢《あふ》れてしまったら。

谷の奥に潜んでいたスライムは、たちまちそれを吸い込んで巨大化することだろう。

あの凶悪な耐性を誇るスライムが、もし山のような巨体を得てしまったら。

想像するだけでも恐ろしい。

最悪、鉄砲水のように周囲の町を呑《の》み込《こ》んでいく可能性まである。

「とにかく、急いで谷へと向かおう。ここから走ればすぐのはずだ」

「ああ、そうだな。急ごう！」

全速力で走りだす姉さん。

ここで俺は、彼女の背を見て慌てて思い出す。

「あ、姉さん！　ちょっと待って！」

「……なんだ？」

「これを！」

そう言うと俺は、マジックバッグから修復した鎧《よろい》を取り出した。

オルトさんの店で修理をし、俺が改めて付与魔法を掛けたものである。

それを見た姉さんの表情が、たちまちほころぶ。

「おおお！　あの鎧を直してくれたのか？」

「はい！　姉さんが出かけている間に、店で修理してもらったんです」

「……だがいいのか？　またあのスライムに溶かされかねんぞ？」

「大丈夫です。ちゃんとそうならないように、俺が仕掛けを施しておきました」

そう言うと、俺はグッと親指を立てた。

まだ実際に検証はしていないが……これでも入念に考えた結果の産物だ。

確実に動作をさせる自信はある。

それに何より、一人で突っ込んでいきそうな姉さんがこのままだと不安だった。

あのスライムの酸をまともに浴びれば、いくら姉さんといえどもただじゃすまないからな。

俺はライザ姉さんを……守りたい。

この気持ちが少しでも伝わってくれたのだろうか。

ライザ姉さんは何とも嬉《うれ》しそうに眼を輝かせる。

こんな顔の姉さんを見るのは、いったい何年ぶりだろうか。

「ありがとう、さすがは我が弟だ！」

「やだな、急にそんな褒めないでくださいよ」

姉さんが、また俺を褒めてる……！

もちろん悪い気はしなかったが、何だかくすぐったかった。

ここ数年ほどは、ずっと文句を言われてばかりだったからなぁ……。

「じゃあ、さっそく着替えよう。……ロウガ、見るんじゃないぞ」

「な、なんで俺に⁉　そこは普通、ジークだろ？」

「お前が一番不安だからだ。ジークはそのようなことはしないと、わかっているからな」

そう言うと、ライザ姉さんは近くの岩陰へと移動した。

すかさず、俺とロウガさんの視線をガードするようにクルタさんたちが立《た》ち塞《ふさ》がる。

普段はあまり仲の良くない姉さんとクルタさんだが、こういう時は互いに協力するらしい。

「……うん、ばっちりだな。前よりも着心地が良くなったように思うぞ」

やがて、満足げな顔をして姉さんが戻ってきた。

彼女は鎧の具合を確かめるように、えいやっと構えを取る。

修理をしたことで、重量のバランスなどが変わっていないか少し不安だったが……。

さすがはオルトさんの店、その辺りも完璧《かんぺき》に調整してくれたようだ。

「では、先を急ぐぞ！　この雨、どうにも変だ」

「ボクも同感。何かがちょっと違うんだよね」

「よし、ケイナ！　私の背中に乗れ！」

「げっ！　また……あれをやるん？」

腰を低くすると、パンパンと背中を叩《たた》いて示す姉さん。

それを見たケイナさんは、露骨なまでに嫌そうな顔をした。

そういえば、ラージャの街に来るときもケイナさんは姉さんにおんぶされてきたんだっけ。

あの時のケイナさんは、完全に生気を失っていたからな……。

よっぽどきつかったんだろう。

「この中では、ケイナが一番足が遅いんだ。こうしないと間に合わん！」

「ぐぐ……正論やなぁ」

「ジークも、ボクの背中に乗るかい？　高所恐怖症は、まだ治ってないだろう？」

「お姉さま！　わざわざそんなことしなくても、私がやります！」

クルタさんに代わって、俺に背中を向けるニノさん。

いやいや、女の子の背中におんぶしてもらうなんてさすがにできないよ！

そもそも俺とニノさんでは、俺の方が明らかに大きいし。

高ランク冒険者の彼女なら、人を持ち上げるぐらいの力は十分にあるだろうけど……。

絵面的に、何かひっどいことになるぞ！

「いや、大丈夫ですよ！　それに夜なら、谷底も見えないでしょうし」

「本当にいいのかい？」

「遠慮はいりませんよ。私も冒険者、人を運ぶぐらいの体力はあります」

「いいんですってば！　それより急ぎましょう！」

話を打ち切りにすると、俺はそのまま五人を引き連れるように走り出した。

こうして森の中を進むこと小一時間ほど。

次第に標高が上がっていき、赤茶けた地面と突き出した岩が目立ち始める。

そろそろ、ラズコーの谷が見えてくる頃《ころ》だな。

そう思うと、俺たちの足が自然と速まった。

すると――。

「おいおい……もう手遅れだったのか？」

「ここからでも見えるなんて……」

「嘘《うそ》やろ、なんやあれ！」

膨張し、信じがたいほどの大きさとなったグラトニースライム。

その巨体が山に張り付き、大地を丸ごと呑み込まんとしていた――！


――○●○――


「おいおい、冗談じゃねえぞ……？」

山をも呑み込まんとするグラトニースライム。

いったいどうすれば、これほどまでに巨大化してしまうのか。

もはやスライムというより自然災害のようなそれに、俺たちは愕然《がくぜん》とした。

その存在感は、さながら魔王か何かのようである。

「いくらなんでも、さすがに成長が速すぎませんか？」

「谷の水位も、まだそれほど高くないのに」

雨が降り出してから、まだ小一時間といったところ。

いくら谷に水が集まるからといって、あそこまで一気にスライムが成長するものであろうか。

事実、明かりを手に谷底を見ても水位はまださほどでもなかった。

もしかして、あれだけ巨大な谷の水をこのスライムが飲み干したとかか？

この大きさを考えると、それぐらいできてしまってもおかしくはなさそうだけど。

「……とにかく、あのスライムのとこへ行くで！　このままだと手が付けられんようになる！」

「ああ！　急ぐぞ！」

「……はい！」

相変わらず高いところが苦手な俺は、ややためらいつつも答えた。

けれど今は、高所恐怖症だなどと言っている場合ではない。

恐怖を押し殺しながら、谷沿いの道を足早に進んでいく。

そうしている間にも雨は強まり、俺たちを守る空気の膜の表面が時折白くなる。

この風向きはまるで……スライムに向かって、雨を送り込んでいるかのようだ。

「あれ、なんでしょう？」

不意に、俺の前を歩いていたニノさんが空を指さした。

彼女の示した方を見やれば、雲間に何かが浮いているように見える。

あれは鳥……なのだろうか？

それにしては縦に長く、奇妙な形だ。

「もしかして……人か？」

目を細めながら、つぶやく姉さん。

剣聖であるライザ姉さんの視力は、俺たちを大きく上回っている。

どうやら俺たちには見えない詳細なところまで、はっきりと見えているようだ。

「おいおい、人が飛んでるっていうのか?」

「断言はできないが、そのように見える」

「もしかすると、魔族かもしれないね……」

深刻な顔をするクルタさん。

確かに魔族ならば、空を飛ぶぐらいは十分あり得そうだな。

今回の騒動に魔族が関《かか》わっているという説が、俄然《がぜん》強まってきた。

けど、もしまた魔族との対決になったらかなり苦労しそうだな。

ライザ姉さんという大きな戦力は加わっているが、場所的にこちらがかなり不利だ。

「ありゃなんだ?」

さらに先へと進んでいくと、先頭を歩くロウガさんが何かを指さした。

目を凝《こ》らしてみれば、それは……巨大な岩であろうか。

谷底へと落ちたそれが、すっかり水の流れを遮《さえぎ》っていた。

谷間にすっぽりとはまって、さながら天然の堰《せき》のようになってしまっている。

どうやらこいつが、スライム巨大化の原因のようだ。

堰の内側にできた湖では、スライムが蠢《うごめ》きながらどんどんと水を吸い上げている。

「あの岩……そういえば、前に来た時もありましたね」

「休憩した時の岩か？」

「ええ、おそらくは」

前に訪れた時、崖《がけ》に突き刺さっていた大岩。

それが雨によって土砂と一緒に崩れ落ちてしまったらしい。

自然災害か、はたまた魔族の計略か。

いずれにしても、ずいぶんと面倒なことになったものだ。

「まずは、あれを破壊して水を抜くのが一番かな」

「せやね。足元の水がなくなれば、スライムの巨大化はひと段落するはずや」

「けど、あの巨大な岩をどうするんです？」

「斬《き》ればいい」

きっぱりとした口調で言う姉さん。

なんともまあ……頼もしいお言葉。

しかしあれほどの大岩、本当に斬ることなんてできるのか？

少なくとも、俺にはちょっと難しいな。

そんな俺の不安を察したのか、姉さんはすこぶるいい笑顔で言う。

「任せておけ。私を誰《だれ》だと思っている」

「けど、もしあの岩を斬れたとして、すぐ内側のスライムが溢れてくるよ？　大丈夫？」

「平気だ。それに、そのためにこの鎧があるのだろう？」

そう言って、胸元《むなもと》をドンと叩《たた》くライザ姉さん。

そうだな、姉さんの言う通りだな。

ここでスライムとの対決を避けては、何のために付与魔法を掛けたのかわからない。

「わかりました。けど、気を付けてくださいよ」

「もちろん。スライムごときに、二度も後れを取る私ではない」

そう言うと、勢いよく谷を降りていく姉さん。

天歩《てんほ》も使用しながら、落ちるようにして谷底へと向かう。

風の膜から飛び出た彼女の身体を、容赦なく雨が打った。

一人で闇《やみ》の中を進むその姿は、とても孤独だ。

しかし……同時に、なんとも誇り高く力強いものにも見える。

これが、剣聖の持つ力なのだろう。

もし世が世ならば、姉さんは勇者にでもなっていたかもしれない。

「あの岩は姉さんに任せましょう。俺たちはその間に、あのスライムの本体を止めないと！」

「せやね。ちょうど岩の上が通れるから、行かせてもらうとしよか」

俺たちは姉さんに一声かけると、大岩の上を通過して反対側へと渡った。

いよいよ、グラトニースライムの本体が近づいてくる。

こうやって近くで見ると、一段とでかいな……。

こんなもの、俺たちにどうにかできるものなのだろうか。

弱気になりそうになるが、今はそんなことを考えている場合じゃない。

急がないと、こいつはますますでかくなるのだから。

「これを使ってください。雨でも使える火薬です！」

「ありがとう！」

「じゃあ、ボクからはこれを。その火薬に混ぜてみて！」

そう言ってクルタさんが懐《ふところ》から取り出したのは、竜血薬《りゅうけつやく》であった。

俺はそれを受け取ると、ニノさんが渡してくれた黒い砂のような火薬に一滴たらす。

たちまち火薬の色が変化して、紅《あか》い光沢を帯びたものとなった。

これは……!!

色合いからして、とてつもない破壊力を秘めていそうだな！

「竜血薬を火薬にほんの少しだけ混ぜると、威力が劇的に上がるんだ」

「聞いたことあるな。竜炎薬とか何とかいうんだっけか」

「うん。威力があまりにも高すぎて使いにくいのと、竜血薬が貴重だからあまり知られてないんだけどね」

「助かります！」

これで俺の魔法の威力を底上げすれば、グラトニースライムを焼き払うことだってできるかもしれない。

けど、スライムの範囲がこうまで広がってしまっていると厳しいな。

どうにかスライムを追い込んで、一か所に固めることができればいいのだけど——。

俺が頭をひねっているその時であった。

「ノアッ!!!!」

どこからか、聞き覚えのある声が聞こえた。

「ノアッ!!!!」

もう一度、嵐《あらし》を貫いて声が響いた。

こ、これはもしや……!

慌てて振り返ると、そこにはあろうことか……シエル姉さんがいた。

な、なんでこんなところにいるんだ!?

こちらに向かっているとは聞いてたけど、まさかこんなところで会うとは想定外だ。

だいたい姉さんは、ここへいったい何をしに来たというのか。

ラージャのギルドで、応援要請でも貰《もら》ったのか？

瞬時に様々な考えが脳内を駆け巡り、とっさに返事が出てこない。

「あ、えーっと……」

「やっぱりだわ！　なんとなくいそうな予感がしたのよ！」

俺の顔を指でビシッと指さし、宣言するシエル姉さん。

す、するどい！

昔から、シエル姉さんの勘ってよく当たったんだよなぁ……。

特に俺に関することは、百発百中に近かった。

でもだからって、一発で居場所を当てるなんて反則だろ！

「誰だい、この人は？」

「お知り合いですか？　ずいぶんと親しげですが」

「……ダームで会った賢者様やね？　ひょっとして、知り合いなん？」

思いがけないタイミングでの部外者の登場。

クルタさんとニノさん、そしてケイナさんはズズイっと俺との距離を詰めてきた。

特にケイナさんは姉さんの身分を知っているらしく、ずいぶんと驚いた様子だ。

すると女性たちに囲まれた俺を見たシエル姉さんの顔つきが、たちまち険しくなった。

彼女は俺の顔を覗《のぞ》き込むと、怪訝《けげん》な表情をして言う。

「ノア、この三人は？」

「俺の仲間です。こっちのケイナさんは少し違いますけど」

「仲間？」

「はい。一緒にパーティを組んでます」

「ということはあんた、今は冒険者をやってるってこと？」

姉さんの言葉に、すぐさまうなずきを返す。

すると彼女はクルタさんたちのことを上から下まで、値踏みするように見た。

その様子ときたらまるで、母親が息子の連れてきた嫁を見るかのようである。

　容赦のない視線に、三人はますます戸惑う。

「えっと……ほんとに誰だい？」

「……俺の姉です。紹介します、シエル姉さんです」

「シエルよ、よろしく」

やけにとげのある態度を見せる姉さん。

おかしいな、普段は外の人に対してここまでの態度は取らないんだけども。

なんだかんだいって、外面がいいのがうちの姉妹《しまい》の共通項だ。

でなければ五人とも、あんなに出世できるわけがないからな。

「ああ、お姉さんだったのか。クルタです、こちらこそよろしく」

「ニノです、よろしくお願いします」

「私はケイナや、よろしゅうな」

　一方、三人はどこか納得したような様子で挨拶《あいさつ》をした。

特にクルタさんは、先ほどまでの戸惑った様子はどこへやら。

腰に手を当てて、自分をアピールするような雰囲気だ。

妙な雰囲気になってきたというか……見えない火花が飛び散っているような感じさえする。

「……おいおい、今はそれぐらいにしとけよ！　あのスライムをどうにかするのが先決だ！」

様子を見ていたロウガさんが、呆れた顔で声をかけてくる。

彼の言う通り、今はよくわからないことで揉《も》めている場合じゃない。

目の前で蠢くこの巨大なスライムをどうにかしなくては！

「それもそうですね。姉さん、俺たちは今このスライムを止めに来たんです！　力を貸してはもらえませんか？」

こうなってしまったからには、シエル姉さんの力を積極的に借りるべきだろう。

俺がそう言うと、姉さんは改めて山肌に張り付いたスライムを見た。

あまりに巨大で異様な存在感を放つそれに、さしものシエル姉さんも顔が険しくなる。

「……もちろんいいわよ。それで、こいつはなんなの？」

「グラトニースライムっていう古代のスライムや。強力な酸で何でも溶かして吸収してしまう恐ろしいモンスターやで。このまま放っておいたら、さらに巨大化してそのうち近くの町や村を根こそぎ呑み込むで！」

「……なるほど。それで弱点とかは？」

「火だよ。ちょうど、竜炎薬を用意したところ」

それを聞いて、ほうと驚いた顔をする姉さん。

賢者である彼女からしても、竜炎薬は珍しいものであるらしい。

「それがあるなら、少しは何とかなりそうね。でもやっぱり……でかすぎるわね。せめて半分にできれば何とかなる見込みあるけど――」

「はああぁっ!!」

シエル姉さんが考え込み始めたところで、再び声が聞こえた。

これは、ライザ姉さんだな……！

気迫の籠った叫びが、谷全体へと響き渡る。

そのあまりの迫力に、皆の肩がビクリと震えた。

すごいな、これが剣聖の本気か。

離れているというのに、オーラのようなものがはっきりと感じられる。

「……あっ！　まずい、よけて!!」

「へ？」

「早く!!」

わずかにだが、嫌な予感がした。

とっさにみんなを近くの岩陰へと避難させる。

直後、轟音《ごうおん》とともに白い何かが山肌を駆け抜けていった。

な、なんだ今のは⁉

まさか…………斬撃《ざんげき》か？

吹き抜ける暴風のようなそれに、巨大なスライムがあっという間に真っ二つになる。

「……相変わらず大したもんだわ！」

「前よりも、威力が上がってる……？」

「贈り物を貰って、いろいろと張り切ってるんじゃないかな？　それに、あのスライムとは因縁があったし」

山に刻まれた爪痕《つめあと》を見ながら、つぶやくクルタさん。

ああ、なるほど。

それはあるかもしれない。

あのスライムに対して、ライザ姉さんはかなり怒ってたからな……。

その怒りが力に変わったのだろう。

「おーい、大丈夫か？」

「ライザ！　あんたね、危ないじゃないの！」

「シエル⁉　お、お前もう来ていたのか‼」

谷を駆け上がってきたライザ姉さんに、シエル姉さんがすぐさま文句を言った。

途中で俺が皆を避難させなければ、結構危なかったからな。

不満が出るのも当然だろう。

一方、ライザ姉さんは予期せぬ人物の登場に戸惑いを隠せない様子だ。

「どうしてノアを見つけたことを報告しなかったのよ！」

「それはだな！　いろいろと理由があって……」

「私たちへの報告より優先する理由ってなに？　きちんと教えてよ」

「うむ、だからいろいろと……」

「姉さんたち、それぐらいにしてください！」

もめ始めた二人を慌てて引き離す。

ライザ姉さんとシエル姉さんって、いつもこんなふうだからなぁ。

仲がいいのか悪いのか。

けど、さすがに今はそれをやられては困る。

「まず、あのスライムを何とかしましょうよ！　真っ二つになった今がチャンスですよ」

「……それもそうだな」

「よし、とりあえずライザ。あれをもっと小分けにしてよ。少しずつ燃やしていきましょ」

「って、おい！　もう戻ってるぞ!!」

姉さんたちが話していると、不意に後ろにいたロウガさんが叫んだ。

嘘だろ、もう⁉

慌てて振り向くと、そこには再び一つとなっていたスライムがいた。

心なしか……前よりも体積が増しているような気さえする。

「こりゃまずいで。十分に材料があるせいか、斬ったら斬っただけ増える‼」

青い顔をして叫ぶケイナさん。

シエル姉さんが合流して、事態は楽になったかと思いきや……。

かなりの苦戦を強いられそうだ。

「げっ！　なんか飛ばしてきた！」

スライムの方から、水の礫《つぶて》のようなものが飛んでくる。

それは風の膜を簡単に通り抜けると、服をかすめていった。

――シュワリ。

白い煙が立ち、服に小さな穴が開く。

まずい、酸だ！

「みんな、俺の後ろへ来い！」

大盾を掲げ、皆の前に進み出たロウガさん。

滑らかに磨かれた盾の表面が、散弾のごとく降《ふ》り注《そそ》ぐ酸を弾《はじ》く。

Bランクのロウガさんが愛用しているだけあって、なかなかの業物《わざもの》なのだろう。

盾はどうにか酸に耐えているが、少しずつ煙が上がり始める。

「くっ！　ジーク、風で防げねえのか⁉」

「無理だよ！　逆に酸が飛び散って危ない！」

風魔法の出力を上げることは簡単だ。

けれど、そうすると飛び散った酸が霧のようになって蔓延《まんえん》する恐れがある。

そんなものを吸い込みでもしたら、一瞬で肺が焼けてしまうだろう。

「私が防ごう！」

「ライザ姉さん……！」

「私が踏ん張る間に、ジークとシエルは対抗策を考えてくれ！　いいな？」

「はい！　何とかしてみせます！」

「……仕方ないわね、しっかり頼んだわよ」

渋い顔をしつつも、シエル姉さんはライザ姉さんに防衛を任せた。

姉さんはひらりと俺たちの前へ飛び出すと、猛烈な勢いで手を動かす。

連続する数百もの斬撃。

洗練された動きに無駄はなく、刀が無数に分裂したかのようにすら見える。

ビュウウッと嵐が吹き荒れるような風斬り音がした。

しかし、それでも限界があった。

飛び散った酸が、わずかにだがライザ姉さんの鎧へと付着する。

するとその瞬間、白い氷花が咲いた。

鎧に仕込んだ付与魔法が、その効力を見事に発揮したのだ。

氷花はたちまち弾《はじ》け、ハラリと小さな欠片《かけら》が降り注ぐ。

戦いの最中にあって、それは非現実なほど美しい光景であった。

「へえ……あの鎧の魔法、ノアが付与したの？　私はあんなの掛けてなかったはずだけど」

「ええ。自信作です！」

「悪くないじゃない。酸を凍らせて無効化とは考えたわね……」

顎《あご》に手を押し当て、何事か考え始めるシエル姉さん。

いま姉さん……俺のこと褒めたよな？

あのシエル姉さんが俺のことを褒めるなんて、いったい何年ぶりだろうか。

少なくとも、ここ三年ほどは記憶にない。

「な、なによその顔は」

「いや、俺のことを褒めるなんて珍しいなと思って」

「別に褒めてないわよ！　ただ、事実を言っただけ！　……それよりノア、あんた多少は腕を上げたようね？」

不意にシエル姉さんの眼が細まり、鋭い眼差しでこちらを見てくる。

その真剣な眼差しに対して、俺はただゆっくりと首を縦に振った。

あの付与魔法を完成させる過程で、いくつもの学びがあった。

家にいた頃と比べて、魔法の腕はそれなりに上がっている……はずだ。

「ええ、まあ……少しは」

「じゃあ、炎の超級魔法は使える？」

「どういうこと？」

「私が氷の超級魔法を使って、あのスライムを凍らせる。で、それをノアが炎の超級魔法で焼くのよ」

なるほど、いったん凍らせた後ならばスライムも身動きが取れないだろう。

それを超級魔法で焼き尽くせば……勝算は十分にありそうだな。

クルタさんたちもそう思ったのか、感心したようにうなずく。

「さすが、ジークのお姉さん！　いい作戦だね！」

「私も、それならうまくいく気がするわ。むしろ、こいつを何とかするにはそれしかないやろな」

腕組みをしながら、うなずくケイナさん。

彼女は俺たちの方へと近づいてくると、軽くアドバイスをしてくれる。

「グラトニースライムに知能はほとんどない。せやから、攻撃されたら単純に反対方向へ逃げるはずや。氷魔法を使うときにも、外側から内側に向かって凍らせていけば、うまく一か所にスライムを集められるはずやで！」

そう言って、ケイナさんは両手で円を狭《せば》めるようなジェスチャーをした。

さすが、魔物研究所の研究員なだけのことはある。

状況にあった良いアドバイスだった。

あとは……。

「俺が超級魔法を使うだけ、ですか」

「そういえば、ジークは使えないって言ってましたね」

「ええ。シエル姉さんからも、あんたは無理だってさんざん……」

そこまで言ったところで、俺はそっとシエル姉さんの顔色を窺《うかが》った。

姉さんが俺に対して、魔法の才能がないとか超級は使えないとか言ってきたのは事実である。

それをいまさら、どういうことだろう？

俺が様子を見守っていると、姉さんは顔を赤くして口をもごもごとさせ始める。

「それは………昔のことだから……」

「昔といっても、二か月ぐらい前ですよ？」

「だ、男子三日会わざれば刮目《かつもく》してみよとか言うでしょ？　二か月も会わなかったら、二十年ぐらい会わなかったのと一緒よ！　それぐらい寂《さび》しかったんだから!!　まさかあれで本当に家を出ていくとは思ってなくて、強く言いすぎたなって後悔もして……」

急に、強気だった態度が崩れ始めるシエル姉さん。

その目からぽたりと涙が零《こぼ》れ落ちた。

あの憎まれ口ばかりのシエル姉さんが……こんなことになるなんて。

俺は姉さんにそっと手を伸ばすと、優しく肩を撫《な》でた。

しかし姉さんはその手をすぐに払いのけると、涙を拭き、力強い口調で言う。

「私が保証するわ。今のノアなら大丈夫、やって！」

「………はい、わかりました」

姉さんの言葉に、ややためらいながらも答える俺。

こうして、スライム討伐《とうばつ》作戦が始まった――！


――○●○――


「では、まずは私が隙《すき》を作ろう。はあああぁっ！　天斬《てんざん》・滅魔撃《めつまげき》!!」

力を最大にまで高めたライザ姉さん。

やがて気迫とともに振るわれた刃《やいば》が、大気を切り裂いた。

雲が割れて、白い斬撃が山肌を走り抜ける。

――一刀両断。

途方もなく巨大なスライムの身体が、再び二つに分かたれた。

その瞬間、こちらに降り注いでいた酸の雨が止まる。

「次は私の出番ね。みんな距離を取って！」

「わかった！」

攻撃をやめて、スライムの前から退くライザ姉さん。

俺たちもまたシエル姉さんに促され、すぐに後ろへと下がった。

風の守りを失った姉さんの背が、たちまち雨に打たれた。

彼女はそれに顔をしかめつつも、振り向きざまにニッと不敵な笑みを浮かべる。

――確実に成功させる。

その表情からは、シエル姉さんの自信と余裕がはっきりと窺えた。

先ほど見せた弱気はどこへやら、その引き締まった眼は偉大な大賢者そのものだ。

「天涯より来たりし冬涸《ふゆが》れの使者。極光織りなす氷壁の主よ。我が元に集い――」

声高く、朗々と紡《つむ》ぎあげられる言の葉。

ほぼすべての魔法を無詠唱で使える姉さんが詠唱するのは、まぎれもなく本気の証《あかし》であった。

濃密な氷の魔力が、冷ややかな風となって吹き抜ける。

「すごいね……！　これが賢者の魔力か……！」

「ジークもすごいですが、これはそれ以上でしょうか……！」

「うぅ、寒さが骨身に染《し》みるわぁ」

感嘆した様子のクルタさんたち。

話しているうちにも周囲の気温は下がり続け、雨が雪へと変わりだした。

息もすっかり白くなり、極寒の世界が顕現する。

高まり続ける魔力はやがて青いオーラとなり、姉さんの背中から吹き上がった。

「ピギィイイイ!!」

高まる魔力に危険を感じたのであろうか。

再生を終えたグラトニースライムは、一塊になって姉さんの方へと押し寄せる。

その様はまさに、山津波とでも形容するのが相応しい。

「まずいな……！」

「待って、大丈夫！」

とっさに出ていこうとしたライザ姉さんを、俺は慌てて止めた。

もしここで出ていかれては、シエル姉さんの魔法が無駄になってしまう。

俺は彼女の手を握ると、その場に何とか押しとどめた。

仮にも賢者と呼ばれるシエル姉さんが、これぐらいでやられるはずはない。

きっとすぐに――。

「グラン・ジョリ・ジーヴル!!!!」
冷気が爆発《ばくはつ》した。
強大な氷の魔力が、白い奔流となって周囲に広がる。
その冷たさに、俺たち六人はたまらず体を寄せあった。
直後、スライムの巨大な身体が見る見るうちに凍り付いていく。
外側から内側へ。
シエル姉さんの完璧な制御によって、魔力の渦は綺麗《きれい》な円を象《かたど》った。
スライムはそれから逃れようと懸命に動き回り、大きなプリンのような形状となる。
まさしく、ケイナさんの言った通りであった。
「今よ!! ノア!」
「はいっ!」
できる、俺にはできる……!
竜炎薬をスライムに投げつけると、即座に魔力を高めていく。
限界を超えろ、ここでやらなければいつやるんだ。
自分で自分を鼓舞しながら、魔力を絞り出す。
全身の血が沸き立ち、腹の底が熱くなってきた。
高ぶる炎の魔力が、物理的な熱へと変換されているのだ。

「蒼天《そうてん》に昇りし紅鏡《べにかがみ》。森羅万象《しんらばんしょう》を照らすもの。我が元に集い――」

一言一句、丁寧に。

俺は粛々《しゅくしゅく》と呪文《じゅもん》を詠い上げると、練り上げた魔力を掌《てのひら》へと集中させた。

太陽を思わせる赤々とした魔力の球が、燃え始める。

あとはこいつを、あの砕けたスライムにぶつけてやれば――！

こうして俺が狙《ねら》いを定め、構えを取った瞬間だった。

「うわっ⁉」

「なんだ⁉　急に雷が！」

「危ない！」

にわかに雷鳴が轟《とどろ》き、稲妻が俺のすぐ横にある岩を穿《うが》った。

大人の背丈ほどもある大岩が、粉々に粉砕されてしまう。

続けざまにもう一発雷が落ち、そちらはクルタさんたちの方へと向かった。

とっさにロウガさんが大盾を構えるが、弾《はじ》き飛ばされてしまう。

「ロウガさん！」

「構うな！　……大丈夫、これぐらい平気だ！」

震える足で、懸命に立ち上がるロウガさん。

本人は平気だと言っているが、ダメージは深刻そうだ。

まずいな、このままだと雷で全滅するぞ……！

突然のことに、俺の集中力が途切れた。

呪文の詠唱が止まり、高められた魔力の流れが停滞する。

「しまっ！　まずい！」

これじゃ、超級魔法なんて撃てないぞ!!

いくら仲間がピンチに陥《おちい》ったからといって、これは迂闊《うかつ》だった。

クソ、このままじゃ……！

俺は再度魔力を練り上げようとするが、気ばかり焦《あせ》ってしまってうまくいかない。

こんな時に、どうしてこんな時に俺は……！

にわかに湧き上がった絶望感が、心を覆っていった。

だがここで、俺の肩にそっと手が添えられる。

「ノア、しっかりしなさい！」

「シエル姉さん……」

「少しだけ手を貸すわ。こっちも超級を使ったばっかりで、余裕はないけど……！　これで何とかしなさい、できなかったらただじゃおかないからね！」

苦しげな顔をしながらも、俺に魔力を分け与えてくれるシエル姉さん。

まるで、俺と姉さんが二人で魔法を使っているかのようである。

これは……魔法の融合とでもいえばいいのだろうか。
媒介となっている黒剣を中心に、俺と姉さんの魔力が渦を巻いた。
これならば……間違いなく行ける！
俺は改めて姉さんの顔を見ると、深々とうなずいた。
その瞬間、俺の魔力を縛っていた枷《かせ》のようなものがぽんと外れたような気がした。
「どっらあああああっ‼　グラン・ヴォルガン‼」
炎の球が飛び、炸裂《さくれつ》する。
巨大な火柱が天に上り、黒雲を貫いた。
強烈な熱気が水の盾を軽々と超えて、こちらに伝わってくる。
さながら大地が裂けて、この世に地獄が現れたような景色だ。
この勢いならば、ドラゴンですら焼けてしまうのではないだろうか。
猛火の中で氷はたちまち解け、音を立てて蒸発していく。
こうして数分後。
魔法が消失し、赤熱した山肌には――。
「ふう、ふぅ……！　なくなった……‼」
スライムの存在した痕跡は、何も残されてはいなかった。

――○●○――


「おお……！　消えた！」

巨大化し、山全体を覆いつくすほどだったグラトニースライム。

それが完全に焼き払われ、欠片も残っていなかった。

さすがは超級魔法、まったくもって恐ろしい威力だ。

魔力を消耗した俺は、額に浮いた汗を拭《ぬぐ》いながらほっと一息つく。

これでひとまず、脅威は去ったといえるだろう。

疲れがどっと出てきて、その場に膝《ひざ》をつきそうになる。

「すごいなぁ……さすがはジークとシエルだ！」

「大したものです、驚きました」

「やるねえ！　いやあ、びっくりしたで！」

「ははは！　まったくすげえやつらだ！」

口々に俺たちのことを褒めてくれるクルタさんたち。

こんなに称賛されたら、さすがにちょっと照れ臭いな。

俺が顔を赤くすると、横で立っていたシエル姉さんがこちらを見た。

さて、何と言われるだろうか……。

クルタさんたちと比べて、専門家である姉さんは厳しいだろうからなぁ。

まして今回は、一人で使うことには失敗してしまっている。

俺はごくりと唾《つば》を呑むと、沙汰《さた》が下されるのを待った。

すると――。

「……初めてにしては悪くなかったわ。初めてにしては、だけどね。次こそは、私の手を借りずにちゃんと使えるようになりなさい」

「シエル姉さん⁉　あ、ありがとう……！」

「ちょっと！　そこまで感謝することじゃ……ないわよ……！」

視線をそらせながら、顔を耳まで赤くするシエル姉さん。

そんなに恥ずかしいこと、言っただろうか？

俺が首を傾《かし》げていると、ライザ姉さんがからかうように言う。

「シエルは私たちの中でも一番の照れ屋だからな。それを誤魔化《ごまか》そうとして、いつも攻撃的なことばかり言うが……ノアを認めてないわけではない」

「ライザ！　何を勝手に、人の言いたいこと代弁してんのよ！」

「言いたいこと？」

「い、言いたくない！　いえ、言いたいけど違うの！」

何やら混乱した様子を見せるシエル姉さん。

結局、えーっと……どういうことなんだ？

俺までよくわからなくなってきてしまったな。

こうして騒いでいるうちに、シエル姉さんはパンパンと手を叩いて仕切りなおす。

「あー、とにかくよ！　今回は頑張ったわね、ご苦労様！」

「は、はい！」

「……で、改めてだけど。どうしてこんなところにいるの？」

「そりゃ、スライムを倒しにだけど」

俺がそう答えると、シエル姉さんの眼がたちまち吊《つ》り上《あ》がった。

彼女は俺に近づいてくると、ビシッと人差し指を突き付けてくる。

「そうじゃなくて！　なんで家を出てこんなところにいるのかって聞いてるのよ！」

「それは……自立したくなったからだよ。ずっと姉さんたちに頼っていくわけにもいかないし。家を出て一人でやっていこうって、あの時思ったんだ。言っただろ？」

家を飛び出した日のことを思い出しながら、語る。

あの時のシエル姉さんの言葉は、今考えてもキッツイからなぁ……。

自然と口調も強くなる。

すると姉さんは、どことなくばつが悪そうな顔をする。

「私はただ、ノアにずーっと家にいてほしかったのよ。危ないこともしてほしくなかった。だから威圧して、押さえつけるような感じになって……」

そこまで言ったところで、姉さんはわずかばかりの間を置いた。

いったい何を言うつもりなんだろう？

なんとなく嫌な予感がした俺は、とっさに姉さんから距離を取った。

こういう時は、逆に開き直ってこっちを攻撃してくることが多いんだよな。

付き合いが長い俺には、なんとなくわかる。

「……ごめんなさい」

「え？」

いきなり深々と頭を下げたシエル姉さん。

これは……完全に予想外の行動だ。

プライドの塊のような姉さんが、こともあろうに俺に頭を下げるなんて。

あまりのことに、少し間の抜けた声を出してしまう。

「ご、ごめんなさいって言ってるの！　ノアを追い詰めたことは……謝るわ」

「……わかった！　謝ってくれればいいんだよ、姉さん」

「ありがとう。……だからね、戻ってきて。家出はもう終わりよ」

……おっと、そう来るか！

胸が熱くなったところで、俺は急に現実に引き戻されてしまった。

そう言われても、こんなところで帰るわけにはいかないぞ……！

まだまだこの街へきて、数か月しかたっていないのだ。

俺はすぐさま首を横に振り、確固たる意志を示す。

「何でよ？　そんなに実家が嫌なの？」

「そういうわけじゃないけど……」

「だったらいいじゃない。もう十分、冒険はしたはずよ？」

「そういう問題じゃなくて。俺、この先もずっと一人で自立して生活したいんだ」

「ずっと一人ぃ⁉︎⁇」

とんでもない大声を上げるシエル姉さん。

うう、耳が痛い……！

声が頭に響いて、グワングワンする……！

何も、そこまで驚かなくたっていいのに！

「絶対にダメ！　帰ってきなさい、姉命令よ！」

「そんな命令、従いたくない！」

「ノアのくせに生意気よ！　ライザ、あんたも何か言ってやりなさい！」

「私は……残る方に賛成だな」

そう言うと、ライザ姉さんはそっと俺の肩を抱いた。

そして、何やら勝ち誇ったような笑みを浮かべる。

おお、ライザ姉さんは味方に回ってくれるのか。

考えてみれば、すでにラージャに家まで買っているものな。

俺と一緒にここへ残る気満々なのだろう。

けどこれは、さすがにシエル姉さんが裏切りだって怒るんじゃ……。

俺が心配していると、案の定、シエル姉さんの顔が真っ赤《まか》に染まる。

「ライザ！　あんたまさか、私たちがいないのをいいことにノアに何かしてるんじゃないでしょうね!?　一人で抜け駆けなんて許さないわよ！」

「失敬な！　私はまだ何もしていない！」

「まだ？　それって、そのうち何かするってことじゃない！」

「そ、それは！　口が滑っただけだ！」

「言い訳になってないわよ！　あんたバカ？」

「バカとはなんだ、バカとは！」

ああだこうだと激しい言い合いを始めるライザ姉さんとシエル姉さん。

それはやがて物理的な戦いにまで発展し、魔法と剣の応酬と化した。

おいおいおい、ちょっと勘弁してくれよ！

剣聖と賢者の戦いなんて、シャレになんないから！

俺が何とか止めようとしている間にも喧嘩《けんか》はひどくなり、山が揺れ始める。

スライムとの死闘が終わったばかりだっていうのに、とんでもないパワーだ。

「はいはいはい!! 喧嘩はやめて!!」

大技をぶつけ合うべく、二人が構えを取った時であった。

彼女たちの間に割って入ったクルタさんが、思い切り声を張り上げて言う。

「いい方法があるよ! だから落ち着いて!」

クルタさんの呼びかけに、二人の動きが止まった。

いったい、何を提案するのだろう?

俺たちは彼女の言葉に、黙って耳を傾《かたむ》けるのだった。

第九話

賢者への挑戦

「まさか、この時期に嵐《あらし》が訪れるとは……。完璧《かんぺき》に想定外だったよ」

事件の翌日、冒険者ギルドの応接室にて。

俺《おれ》たちから報告を受けたマスターは、顎《あご》に手を押し当てながら大きなため息をついた。

それだけ、この地域でこの時期に嵐が来たというのは異常な出来事なのだろう。

クルタさんやロウガさんも、聞いたことないって言ってたしな。

「あれは明らかに人為的なものだったわ」

「ほう？　……ところで、君は誰《だれ》かね？」

話を切り出したシエル姉さんに、マスターはすぐさま尋ねた。

姉さんは「そういえば」と言うと、軽く会釈《えしゃく》をして自己紹介をする。

「名乗るのを忘れていたわ。私はシエル、これでも賢者号を持ってるわ」

「賢者……様？」

「ええ。これでどう？」

懐《ふところ》から賢者の身分を示す金色の勲章を取り出し、マスターに見せる姉さん。

するとたちまち、マスターは態度を改める。

「おお、これは失礼を！　私はアベルト、この支部のマスターをしております」

恐縮した様子で、頭を下げるマスター。

大陸に数人しかいない魔法職の頂点だからな、こうなってしまうのも無理はない。

賢者がわざわざこんな辺境に来ることなど、剣聖の来訪以上にありえないだろうし。

「そんなにかしこまらなくてもいいわ。やりにくいから」

「承知しました」

「わかった、で結構」

「……わかった」

シエル姉さんは満足げな顔をすると、うんうんとうなずいた。

そして懐《こ》から、焼け焦げた布切れを取り出す。

それにはわずかにではあるが、緑に濁った体液のようなものが染《し》みついていた。

「これはなんでしょう……いや、なんだ？」

「犯人が着ていた服の切れ端よ」

「犯人？　まさか、見たのか？」

「一瞬だったけどね。空を飛んでいたんだけど、ノアが撃った火炎魔法に巻き込まれて逃げていったわ」

俺が超級魔法を放った直後のこと。

炎に巻き込まれながら逃げ出す人影を、シエル姉さんはこの目ではっきり見たのだという。

その額には、魔族の象徴というべき角が生えていたとか。

「この染み、恐らくは魔族の血よ。ね、ケイナ？」

「研究所で詳しく調べんことには、断言はできへんけど……恐らくは。独特の刺激臭がするから、すぐわかるんよ」

布を鼻に近づけると、スンスンと匂《にお》ってみるケイナさん。

魔物研究所の彼女が言うなら、ほぼ間違いはないだろう。

この前のこともあるし、魔族が今回の騒動を手引きしていたに違いない。

「ううむ……由々しき事態だな。まさかやつら、協約を破る気か……？」

「さすがにそれはないと思いたいな。もし戦《いくさ》が始まれば、何人死ぬかわからん」

ライザ姉さんが眉間《みけん》に皺《しわ》をよせ、険しい顔をしながら言う。

魔族と人類は、互いに不可侵条約を結んでいる。

古《いにしえ》の勇者と魔王によって結ばれた協定で、その歴史は五百年に及《およ》ぶ。

これのおかげで、魔族と人類との間で大規模な戦争が起こることは長らく避けられてきた。

もしそれを魔族側が破棄し、攻め込んでくるとしたら……。

想像するだけでも恐ろしい事態だ。

ラージャが火の海になることはもちろんだが、大陸の半分が戦場になるだろう。場合によっては、人類存亡の危機にすら陥《おちい》るかもしれない。

ライザ姉さんなど一部の例外を除けば、基本的に魔族の方が人類より強いのだ。

「……これは一度、使者を派遣せねばなるまいな。上層部と相談して、国とも調整せねば」

「よろしくお願いします」

「もしかすると、君たちのパーティにも何か頼むことになるかもしれん。今のうちに、心構えだけはしておいてくれ」

「はい！」

「ライザ殿とシエル殿も、よろしく頼む」

深々と頭を下げたマスター。

ライザ姉さんとシエル姉さんは、余裕のある笑みを浮かべながらうなずいた。

二人がいれば何が起きても何とかしてくれそうで、実に頼もしい。

「……では、スライムの件はギルドから報奨金を出そう。ただ、死骸《しがい》が跡形もなく焼失してしまったとなると討伐《とうばつ》の証明が厄介だな」

「それなら、うちが必要な書類を書くわ。魔物研究所の研究員が証言すれば、さすがに大丈夫やろ。魔物の種類自体ははっきりしとるし」

「それはありがたい。ケイナ殿が書類を書いてくださるなら、問題はないだろう」

任せといてな、と言ってケイナさんは親指をぐっと持ち上げる。

これなら報酬もひとまずは安心だろう。

クルタさんたちは、揃《そろ》ってほっとしたような顔をした。

……後で聞いた話だけど、あの竜血薬というのは本当に高価なものだったらしい。

Aランクのクルタさんでも、懐が寂《さび》しくなってしまうほどに。

「よかったなぁ！　これで安心して遊びに行けるってもんよ！」

「ロウガはほんと、そのことしか頭にないのかい？」

「……呆《あき》れますね。戦いが終わったばかりなのに」

「戦いの後だからいいんだよ。なぁ？　戦勝祝いってことでパーっと繰り出さないか？」

そう言って、俺と肩を組もうとするロウガさん。

だが次の瞬間、姉さんたちの冷たい眼差《まなざ》しが彼に降《ふ》り注《そそ》いだ。

その容赦のなさときたら、俺まで一緒に凍り付いてしまいそうなほどだ。

ロウガさんはたまらず身を小さくすると、そのまま引き下がっていく。

「あはは……。そろそろ、出ましょうか」

報告も済んだところで、俺たちはマスターの執務室を後にした。

さて、問題はここから。

早速シエル姉さんが、俺の方を見てくる。

「さーてと。用も済んだことだし……いつやるのか決めましょうか、術比べ」

目元を怪しくゆがめ、ニヤっと微笑《ほほえ》むシエル姉さん。

シエル姉さんとライザ姉さんがもめた時、とっさに仲裁に入ったクルタさん。

彼女の言った妙案とは、俺とシエル姉さんが術比べをして決めるというものであった。

ライザ姉さんと俺が決闘したように、シエル姉さんとも勝負で決着をつけようというわけだ。

それもただ単に力比べをするのではなく、より優れた魔法を使った方が勝ちという勝負で。

はっきり言って、シエル姉さんに勝つのはかなり厳しいけれど……。

だからこそ、その条件ですんなりと受け入れてもらえた。

あの場を切り抜けるには、絶対に呑まなかったにしても少し無茶でもそう言うより他はなかっただろう。

俺に有利な条件では、絶対に呑まなかったに違いない。

……それに、俺には少しばかり考えもあった。

シエル姉さんと一緒に超級魔法を発動したあの瞬間。

まだ誰にも言ってはいないが、ちょっといいことを思いついたのである。

「それはいいが、術比べといっても誰に判定を頼むのだ？　並の魔法使いでは厳しいだろう」

「心当たりがあります。マリーンさんというかなり凄腕《すごうで》の人がいるんです」

「マリーン？」

はて、と首を傾《かし》げるシエル姉さん。

様子からして、どうやら聞き覚えのある名前のようである。

マリーンさんも相当な腕の魔法使いだし、姉さんと知り合いでも不思議はないか。

「とりあえず、マリーンさんのところへ行こうか。彼女にも話を通さないといけないしね」

「そうね。向こうにだって都合があるだろうし」

「ちゃんと引き受けてもらえるといいですね」

こうして俺たちは、シエル姉さんとともにマリーンさんの家へと向かうのだった。


――○●○――


「さあ着いた、ここがボクの家だよ」

「へえ……なかなかいいとこね」

ギルドを出て二十分ほど。

俺たちは街の南東にあるクルタさんの家の前まで来ていた。

もっとも、用があるのはその隣のマリーンさんの家である。

クルタさんはすっかり勝手知ったる様子で、彼女の家の呼び鈴を鳴らす。

俺が付与魔法の試行錯誤をしている間に、クルタさんはマリーンさんと仲良くなったらしい。

もともとお隣さん同士ということもあって、話も合ったようだ。

「あら、どうしたの？　お友達をたくさん連れて」

すぐにドアを開けて出てきたマリーンさんは、俺たちの顔を見てあらあらと笑った。

そりゃ、こんなに大人数で押しかけたらそうなるよな。

先日もいたクルタさんとニノさん、そしてロウガさんはもちろんのこと。

ライザ姉さんとシエル姉さんが加わって、総勢六人の大所帯である。

マリーンさんの家はそれなりに広いが、それでも玄関先が少し手狭に思えるほどだ。

ニノさんとロウガさんには、自重してもらった方が良かったかもしれない。

「実は、マリーンさんに少しお願いがあってね」

「何かしら？　私にできることであれば、喜んで協力するわ」

「本当に？　それは助かるよ」

「もちろん。……ところで、そこのあなた。見覚えあるけれど、どこかで会ったかしら？」

シエル姉さんの顔を見ながら、マリーンさんは不思議そうに小首を傾げた。

どうやら彼女の方も、シエル姉さんに覚えがあるようだった。

やっぱり、二人の間で過去に何かあったのだろうか？

「うーん……ちょっとまずいかも」

俺の方を見ながら、クルタさんが小声でつぶやいた。

いったい、何がまずいのだろう？

俺は彼女に近づくと、そっと耳打ちをする。

「……どうかしたんですか？」

「いやさ、二人が知り合いだと厄介だなと思って。マリーンさんは話の分かる人だから、事情を説明すればうまーく配慮してくれるかもって思ってたのに」

「あー……」

クルタさんのしようとしていたことを理解して、軽く苦笑する。

マリーンさんとクルタさんは仲の良いお隣同士。

俺もマリーンさんとは知らない仲ではない。

術比べの判定に手心を加えるようにお願いすれば、そうしてくれる可能性は高かった。

しかし、マリーンさんとシエル姉さんが知り合いとなると話は違ってくる。

まあそもそも、手心を加えて勝つっていうのもどうだろうか。

勝負すると決めたからには、きちんと筋は通したいところだ。

「もしかして……ウィンスターの王立魔法学院の卒業生？」

「ええ……まさか、マリーン前学院長？」

「そうよ！　思い出してきたわ、あなたシエルね？　前に一度、見た覚えがあるわ」

「はい！　シエルです！　前に会ったというと……学会でしょうか？」

「そうそう！　あなたがした質問、今でも覚えているわよ！」

俺とクルタさんが話している間にも、盛り上がる姉さんたち。

どうやらこの二人、同じ魔法学院の関係者らしい。

直接的に教師と教え子の関係にあったわけではないようだが、そこそこ繋《つな》がりがあるようだ。

しかも、魔法使い同士で話が合うのかかなり雰囲気は良い。

「あなたのような人が来るってわかってれば、私も引退を少し先延ばしにしたんだけどねぇ」

「かの大魔導士マリーン先生にそう言ってもらえると、私も光栄です」

「よしなさいな、賢者のあなたの方が立場は上でしょう？」

「そうはいっても、まだまだ知らないことは多いですから」

「ところで……その賢者さんたちが、何の御用かしら？　すっかり聞きそびれちゃったけど」

話に一区切りつけたマリーンさんは、改めて俺たちの方を見た。

参ったな、この状況だと俺に便宜《べんぎ》を図ってほしいなどとは言えないだろう。

クルタさんは、額に汗を浮かべながら口ごもる。

するとそれを見かねたシエル姉さんが、自ら話を切り出した。

「私とノアで、術比べをするんです。その審判をお願いしたくて」

「あら、それは面白《おもしろ》そうね！　私もあなたの魔法は見てみたいわ。ノアっていうと……」

「俺のことです」

ゆっくりと手を挙げて、マリーンさんの疑問に答える。

彼女に対しては、ジークとしか名乗っていなかったからな。

当然ながら、マリーンさんはおやッと不思議そうな顔をする。

「あなた、前はジークって名乗ったわよね？」

「えーっと、本名はノアなんです。ジークは通称というかなんというか……」

「人にはな、無駄に偽名を名乗りたくなる年頃《としごろ》というのがあるのだ」

唐突に助け船を出したライザ姉さん。

腕組みをしながら、やけにいい笑顔でうんうんとうなずいている。

なんか、いきなりよくわからないことを言い出したな。

そういえば姉さん、一時期やたら長ったらしい技名をつけたりしてたけど……。

俺は別に、そういう変な意図があったわけじゃないぞ？

「あら、そういうこと。ふふふ、わかるわ」

「は、はあ……」

納得されたけど、代わりに大事なものを失ったような気がする！

でもこれで、シエル姉さんと術比べをするのは避けられないな……。

今更勝負を取り下げると言ったら、それこそ大恥だ。

こうなったら、やはり姉さんと実力で戦うしかないだろう。

大丈夫、こっちも全く策がないわけではないのだ。

「それで、術比べのやり方は？　単純に威力を競い合うだけでは芸がないわねぇ」

「そうですね、評価はなるべく総合的にしたいところ……」

「だったら、それぞれに自信がある術を披露して見比べるって形かしら。それなら、ノア君にも勝ち目がありそうだしねえ」

俺の心を見透かしたように、意味ありげに笑うマリーンさん。

少し気恥しいような気分になったが、ありがたい申し出だ。

俺はそれを素直に受け入れると、改めてシエル姉さんの方を見る。

敵に回してみると……姉さんの存在感が、いつもよりさらに大きく感じられた。

この若さで賢者号を背負っているのは、やはり伊達《だて》ではない。

「私もそれで構いません。どんなルールでも勝ってみせます」

「では術比べは五日後ということで。二人とも、しっかり準備してきてね」

「ええ、期待して待っていてください」

「頑張ります！」

俺が緊張しながらうなずくと、シエル姉さんが余裕たっぷりに笑いかけてきた。

くそう、もう勝ちは決まっていると言わんばかりの表情だ。

勝負は五日後。

それまでに何とか、この余裕を崩せる何かを見つけ出さなければ……。

一応、目星はすでにつけてあるものの……五日以内にうまくできる保証はない。

むしろ、ダメになってしまう可能性の方が高いぐらいだろう。

「じゃあ、ひとまず別れましょうか」

「そうだね。五日後にまた」

「ふふふ、せいぜい頑張りなさいよ。どんな魔法でくるか、私も楽しみにしてるわ」

そう言うと、シエル姉さんは歩き去っていった。

さて、どうしたものか……。

俺が顎に手を押し当てて悩み始めると、すかさずライザ姉さんが近づいてくる。

「大丈夫か？　顔色が少し悪いぞ？」

「……これからどうしようかと思って」

「そうだなぁ、あのシエルさんに対抗できる魔法となると……。そうだ、前に使った魔法剣なんてのはどう？」

「おお、それはいいな！　あれならばインパクトも十分にある！」

クルタさんの提案を聞いて、ポンッと手を叩《たた》くライザ姉さん。

確かに、魔法剣はほとんど誰も使っていないような希少な技能だ。

それなりに難易度も高く、見栄えもする。

術比べで披露するにはうってつけだろう、恐らくシエル姉さんも使えないだろうし。

「いいんじゃねーか？　ただ、魔法剣だけだと術比べとしてはちっとばかし地味だな」

「確かに、ロウガさんの言うことにも一理ありますね。シエル姉さんは間違いなく派手な大技で攻めてくるでしょうし」

「だったら、私の奥義と組み合わせてみるのはどうだ？」

「いやいや、それだと魔法剣といっても剣技の比率が大きすぎますよ。あくまでメインは魔法なんですから」

「ううむ……。せっかく、ジークに大技を教えてやるチャンスだと思ったのだがな。こういう時でもなければ、死ぬ気で修行などなかなかしてくれぬし」

「ライザ姉さんの死ぬ気は、本当に死ぬ可能性が高すぎるんですよ……」

以前の修行内容を思い出しながら、俺はたまらず苦笑した。

足に鉄球を付けて湖を横断しろだの、一週間不眠不休で素振りだの……。

我ながらよく生きていたと感心するほどである。

もちろん、ライザ姉さんも死なないように最低限の配慮はしてくれていたが……。

本当に最低限って感じだったからな。

「けど、何かしら派手なのは必要じゃないかな？　シエルさんは、間違いなく見栄えのする大魔法を使うだろうし」

「それについては、俺に一つ考えがあります」

「お？　何だい？」

「融合魔法ですよ」

俺がそう言うと、クルタさんたちは「はて？」と首を傾げた。

ライザ姉さんも、興味深そうな顔をしてこちらを覗《のぞ》き込んでくる。

「初めて聞くな。なんだ、それは？」

「その名の通り、二つの魔法を融合させるんですよ」

「え？　そんなことできるの？」

「可能性の上では。俺も、この前のスライム討伐の時に姉さんと一緒に超級魔法を使って思いついたんですけどね」

そう言うと、俺は黒剣を抜いて融合魔法の原理を簡単に説明した。

もともと呑《の》み込《こ》みが早い方なのだろう、クルタさんたちは納得したようにうなずく。

一方で、ライザ姉さんは狐《きつね》につままれたような顔をしていた。

そういえば姉さん、こういうことはすべて身体で覚えるタイプだっけ。

「……なるほど？　理解したぞ」

「姉さん、よくわかってないでしょ」

「知ったかぶりは恥ずかしいですね」

「うっ！」

クルタさんの鋭いツッコミに、呻《うめ》くライザ姉さん。

剣聖という肩書があるせいか、変なところで頭良さそうに見せたがるんだよな。

クルタさんたちには、もうすっかり地がバレてしまっているようなのだけど。

それでも見栄を張りたいのは、大人だからだろうか。

「けど、もしうまくいかなかった場合に備えて保険も必要だよね。さすがにその融合魔法一辺倒で突っ走っていくのはちょっと怖いかな」

「そうなると、ううーん……」

他にシエル姉さんに通用しそうなものとなると、正直なかなか思いつかないな……。

大陸に賢者の称号を持つ魔法使いは数名いる。

中でもシエル姉さんは、最年少ながらも最強と名高い人物だ。

特に氷魔法を得意としていて、その威力は火龍をも凍らせると言われるほど。

実際にあの巨大なスライムを難なく凍らせているし、その魔力は計り知れない。

「しょうがない。じゃあ、ボクが一肌脱いであげようかな」

「え？　何をするんですか？」

「もちろん情報収集だよ。マリーンさんのことを調べて、どんな魔法なら受けがいいかとかを割り出すんだ」

「あー……。でもそれ、何だか勝負の本筋から外れていませんか？」

俺がそう言って渋ると、クルタさんはチッチと指を振った。

彼女は軽く肩をすくめたのち、俺に向かって凄《すご》むように言う。

「甘い、甘いよジーク！　この勝負で勝たなきゃ、君はここにいられなくなるんだから！　どんなやり方をしてでも、勝ちにいかなきゃ！」

「んんー、でもあまりそういうのは……」

「じゃあ、ジークはボクたちとお別れになってもいいの？　寂しくないの？」

そう言うと、クルタさんは眼《め》を潤ませながら距離を詰めてきた。

彼女に合わせるようにして、ニノさんとロウガさんもどこか寂しそうな顔をする。

言われてみればそうだ、もしシエル姉さんに負けたらみんなとはたぶん会えなくなる。

実家に一度連れ戻されたら、そう簡単には出してもらえないだろうからなぁ。

そう思うと、急に俺は背筋が冷えてきた。

――負けても家に連れ戻されるだけ。

心のどこかで感じていた無責任な安心を、粉々に粉砕されたような気分だ。

「……そうですね。必ず、必ず勝ちましょう！」

「おーー！」

共に手を合わせ、声を上げる俺たち。

こうして、賢者への挑戦が始まった――！

第十話

術比べ

「へえ……この地下にねえ」

あれから五日が過ぎ、迎えた術比べ当日。

俺《おれ》たちはライザ姉さんとの決闘でも使った地下闘技場のある酒場まで来ていた。

シエル姉さんはキョロキョロと周囲を見渡すと、漂ってきた安酒の匂《にお》いに顔をしかめる。

猥雑《わいざつ》な空気が漂うこの一帯は、普段なら賢者が来るような場所ではなかった。

「あんまり上品なとこじゃないわね。ノア、もしかしてあんた変なお店に行ったりしてないでしょうね？」

「そんなわけないよ！　この辺に詳しいのは、ロウガさん」

「なるほど、そのおっさんがねえ……」

ふぅんっと納得したような顔をするシエル姉さん。

おっさんと言われたロウガさんは即座に抗議をするが、笑って誤魔化《ごまか》されるだけであった。

まあ、そろそろお兄さんって言うのは無理な歳《とし》ではあるよな。

というか、怒るポイントはそこでいいのだろうか。

「私からしてみれば、あなたもまだまだ若者だけどねえ。ふふふ」

「ええ？　まあ、そりゃそうでしょうけども」

口元を押さえながら、柔らかに微笑《ほほえ》むマリーンさん。

思わぬ言葉にロウガさんは困ったように笑うと、そのまま酒場の扉を押し開いた。

彼の背中に続いて、俺たちはカウンターの隣にある階段を通って地下に降りる。

やがて現れた地下闘技場。

その大きさに、シエル姉さんとマリーンさんは驚いた顔をした。

「こりゃ凄《すご》い。道理で、ノアとライザが戦えたわけだわ」

「ああ、私が本気で暴《あば》れまわっても平気だったぞ」

「大したものねえ。これだけ大きいと、お金もかかったでしょうに」

「ここのオーナーは大型魔獣と人間の対戦も考えてたらしいからな。ま、派手な興行で元が取れると踏んだんだろう」

「よし、これならいいものを見せてあげられそうだわ」

指をパチンと鳴らして、自信ありげに笑うシエル姉さん。

大陸にその名を知られる賢者の魔導とは、果たしていかなるものなのか。

緊張した俺は、とくんと唾《つば》を呑《の》んだ。

「じゃあ、俺たちは客席で見守ってるからな」

「頑張って。期待してるからね！」

「私も、お姉さまと一緒に応援してますから」

俺に声を掛けながら、客席へと移動していくロウガさんたちとライザ姉さん。

それと入れ替わるようにして、マリーンさんが俺たち二人の前へと出た。

さあ……いよいよだ。

俺とシエル姉さんが互いに向かい合うと、マリーンさんは優しく声掛けをする。

「じゃあ、術比べを始めましょうか。最初はどちらから？」

「私からやらせてください。その方が盛り上がると思いますので」

不敵な笑みを浮かべながら、杖《つえ》を高く掲げるシエル姉さん。

先端にあしらわれた紅玉が光源を反射して淡く光る。

俺は軽くうなずくと、そっと壁際に移動した。

こうして安全な距離が保たれたところで、シエル姉さんはさっそく杖を振る。

「山々の息吹《いぶき》よ。天より注《そそ》ぐ淡き光よ……」

滑らかに紡《つむ》がれる言の葉。

姉さんも本気だ、最初から詠唱ありの大魔法とは。

しかも、この詠唱は最も得意としている氷魔法のものである。

やがて身長ほどもある長い杖が、重さを忘れたように躍り始める。

指揮棒のように杖が動くたび、光の軌跡が描き出された。

折り重なった光はやがて結実し、闘技場の中を鮮烈な冷気が走り抜ける。

「これは……氷？」

空気中の水分が凍り付き、小さな粒となって舞った。

光が乱反射し、星をちりばめたような幻想的な景色が広がる。

やがて薄く降り積もった氷の下から、巨大な樹が伸びてきた。

煌《きら》めく氷で出来たそれは、瞬く間に枝を伸ばし闘技場を覆《おお》いつくしていく。

その樹高は天井《てんじょう》にまで達し、さながら数百の歳月を経た古木のようだ。

「な、なんだ？」

「うぅ……さむ……！」

「さすがシエルだな」

「すごい魔力だね……！　氷の錬成魔法で、これだけの精度と規模はなかなかないよ！」

興奮した様子で客席から身を乗り出すクルタさん。

確かに、これだけの規模の錬成魔法を繰り出すのは並大抵のことではない。

枝の一本一本まで美しく成形されていて、それはもう見事だ。

しかし……姉さんの魔法にしてはインパクトに欠けるな。

美しい魔法だけれど、シエル姉さんはもっとド派手な魔法を好むはず――。

「咲き誇れ。ペリオグレシエス‼」

俺がそう考えていたところで、シエル姉さんは再び杖を天高く掲げた。

宝玉が強い輝きを放ち、瞬く間に周囲が紅《くれない》の光に呑み込まれていく。

それに呼応するように木の枝から無数の氷の花が咲いた。

小さく可憐《かれん》なそれは、いつか本で見た東洋の花に似ている。

ええっと、名前は……サクラだったかな？

「綺麗《きれい》……！」

「これは、サクラですね……！」

「こりゃ驚いたな。まさか花まで咲くとは」

「むむ、これは……！」

咲き乱れる花にどよめくロウガさんたち。

ライザ姉さんも、勝利が遠のいたと思ったのか険しい顔をした。

そこへ追い打ちをかけるように、シエル姉さんはポンポンッと光の球を打ち上げる。

薄く可憐な花弁が舞い落ちて、光の中でさらりと溶けていく。

無数の淡い光源に照らされた氷のサクラは、ため息が漏《も》れるほどに美しかった。

さらに追い打ちをかけるかのように、シエル姉さんは続けざまに呪文《じゅもん》を紡ぐ。

「姿なきもの、天地に縛られぬもの。虚空《こくう》を駆けてその威を示せ！　トゥルビヨン！」

サッと勢いよく振りぬかれた杖。

それと同時に、爽《さわ》やかな風が闘技場全体を駆け抜けた。

やがてどこからか、微《かす》かに音が聞こえてくる。

今まで聞いてきたどの楽器よりも淡く、繊細な響き。

ほのかに春の訪れを感じさせるようなそれは、風が奏《かな》でる音だった。

……し、信じられない。

風魔法を使って音楽を奏でるなんて。

原理的には不可能ではないとしても、それを成し遂げるためには恐ろしく細かい調整が必要になる。

シエル姉さん、いったいいつの間にこんな技法を習得していたんだ？

圧倒的な魔力量を売りにする賢者が見せた緻密《ちみつ》かつ華麗な技。

それに思わず、俺は舌を巻いてしまう。

客席にいたクルタさんやライザ姉さんも、驚いて声が出ないようだ。

「どうです？　攻撃魔法は危ないので錬成魔法主体にしてみました。綺麗でしょう？」

すべてを終えて、優雅にお辞儀をするシエル姉さん。

たちまち、マリーンさんは満面の笑みを浮かべながら拍手をする。

「相変わらずの素晴らしい術式ね。これほど計算されつくしたものは、私も初めてだわ。センス自体もいいわね」

「そこはエクレシアに感謝しないと。あの子にいろいろ鍛えられましたから」

得意げに笑うシエル姉さん。

エレクシア姉さんといえば、百年に一人とも称される若手芸術家である。

なるほど、花のデザインなどは彼女の受け売りってわけか。

見事に咲き誇る氷のサクラを見上げながら、俺は納得してうなずく。

「さてと。次はノア、あんたの番よ」

こちらを挑発するように、軽く顎《あご》を上げるシエル姉さん。

その眼差しは俺に降参を促しているかのようであった。

これだけの見事な魔法だ、超えるのは容易ではないだろう。

けど、俺だってきちんと作戦は練ってきている。

「……負けないよ、シエル姉さん」

魔法媒体の黒剣を手に、俺は静かに宣言するのだった。


――○●○――

「次はジーク君の番ね。期待しているわ」

俺の方を向き、微笑むマリーンさん。
いよいよ、勝負の時だな……！
俺は剣に魔力を通すと、そのまま高く掲げた。
たちまち魔法陣が空中に展開され、紅い光がほとばしる。
濃密な魔力が実体化し、揺らめくオーラとなって輝いた。
「なかなか悪くないわね。魔力の練り上げ、上達したじゃない」
俺の様子を見ながら、ふぅんと満足げにうなずくシエル姉さん。
さすがにまだ余裕たっぷりといった様子で、焦《あせ》りは見られない。
でもまだまだこれから、こちらにだって策はあるんだ。
シエル姉さんのあの余裕を、必ず打ち崩して見せる！
「はああぁっ!!」
「おや、珍しいねえ」
剣から炎が噴き出し、渦を巻いた。
俺はそのまま正眼《せいがん》の構えを取ると、続いて軽く剣舞を披露する。
炎が揺らめき、轟々《ごうごう》と風斬《き》り音が響く。
使用者のほとんどいない魔法剣。
それを見たマリーンさんは、少しばかり感心したように目を見開いた。

……よし、悪くない感触だ。

俺は続いて、光の魔法を発動する。

「サンティエ‼」

空中に展開された魔法陣。

幾何学模様と古代文字からなるそれを、俺は黒剣で真正面から切り裂いた。

氷を砕き、ばら撒《ま》くような心地よい音。

刹那《せつな》、凝集していた魔力が弾《はじ》けて光へと変わる。

そこから続けざまに二つ、三つ。

魔法陣を切り裂くたびに、音と光が華を咲かせる。

「さすが、ジーク君だね！　やるじゃないか！」

「これなら、ひょっとして……」

「ああ、いけるかもしれねえ！」

「……いや、これだけではまだ弱いな。シエルに勝つには、まだ足りないぞ」

俺の魔法を見て、興奮した様子のクルタさんたち。

ロウガさんに至っては、腰を上げて立ち上がってしまっている。

しかし、さすがにライザ姉さんは冷静だ。

これだけではまだ押しが足りないという彼女の判断は、とても正確である。

ここで一つ、いや二つぐらいは勝負をかけなきゃ……!!

「次だ。オードゥメール！」

「……混ぜた？　剣を軸に？」

「なるほど、剣を芯《しん》にすれば二つの魔法を混ぜられるってことねえ」

炎を帯びた剣に、水流の蛇が巻き付いた。

これが俺の用意したとっておき、融合魔法である。

通常、性質の異なる魔法を同時に発動して合せることは極《きわ》めて困難である。

炎と水の場合、互いに打ち消し合ってしまって最悪の場合は大爆発《ばくはつ》が起きる。

それを俺は、黒剣を軸として回転させることで安定させた。

シエル姉さんと共に超級魔法を発動した際、剣を中心にお互いの魔力が渦を巻いて安定したことから思いついたやり方だ。

「……ふうん」

清らかな水と炎が渦を巻き、美しい輝きを振りまく。

炎に照らされた水は、光を乱反射して七色に光った。

それを見つめるシエル姉さんの眼が、不機嫌そうに細められた。

先ほどまでの余裕が少しずつなくなりつつある。

いいぞ、この調子だ！

俺は炎と水の逆巻く剣を手に、そのまま剣舞を続けた。

舞い散る飛沫《しぶき》が炎に照らされて、幻想的な空間が展開される。

そして――。

「そりゃあああああっ‼」

剣を振り上げ、勢いよく闘技場の中心に突き立てた。

その瞬間、炎と水が強烈な爆発を起こす。

轟音《ごうおん》、そして爆風。

白い蒸気が濁流となって周囲を呑《の》み込《こ》んでいった。

即座にマリーンさんとシエル姉さんは障壁を張り、熱気を防ぐ。

「ん？　これはいったい……」

「蒸気に光魔法を投影している？」

地下闘技場を満たした白い水蒸気。

そこに向かって、俺はとある冒険者と女性の絵を投影した。

それを見たマリーンさんの眼が、たちまち大きく見開かれる。

「まさか……私とアーセム？　そんな……」

単純化された街並みの中、影絵のように躍る冒険者と女性。

二人は互いに花を贈り合うと、そのまま霧と共に消えていった。

時間にしてほんの数十秒の儚《はかな》い寸劇。

それが終わると、闘技場の地面に大きな花の文様が焼き付けられていた。

「俺の魔法は以上です」

シエル姉さんと同じように、俺は優雅な貴族風の礼をした。

一瞬の静寂が、闘技場を満たす。

そして――。

「おお、さすがだな！　いいぞ、ジーク！」

「悪くないですね。高評価です」

「盛り上げ方がわかってるじゃないか。これならきっと……！」

「うむ、いけるかもしれん！」

興奮するクルタさんたち。

たちまち客席から、パチパチと拍手が響いてきた。

ふぅ、ひとまずやり切ったぞ……！

俺はほっと胸を撫でおろすと、改めて皆に向かって手を振った。

だがしかし……。

「悪くなかった。けど、私には及《およ》ばなかったわね」

胸を反らし、自信満々に告げるシエル姉さん。

彼女はそのまま俺に近づくと、人差し指で頭をチョンッとついた。

そしてやれやれと肩をすくめると、俺が披露した魔法の問題点を指摘する。

「確かに、パフォーマンスとしては優れていたわ。それは認めてあげる。融合魔法や光魔法の投影もアイデアとしては良かった。でも、魔法としては中級魔法が主体で制御も私よりは甘かったわね。そもそも……」

シエル姉さんはそこで言葉を区切ると、不意にこちらに向かって手を伸ばした。

そして俺が腰に差していた黒剣を抜き取ると、その重さにふらつく。

「……あんた、よくこんなに重い物を振り回してたわね！」

「そりゃあ、俺は鍛えてるから」

「伊達《だて》に、ライザ姉さんに絞られてないってわけか……」

重さに閉口しながらも、どうにか踏ん張るシエル姉さん。

彼女は腕をプルプルとさせながらも、剣を正眼に構えた。

そして足を肩幅に広げて姿勢を安定させると、つぶさに呪文を紡ぐ。

「ヴァルカン！　オードゥメール！」

瞬時に展開された二重魔法陣。

そこから噴き出した炎と水が、絡《から》み合《あ》うようにして剣に巻き付いた。

驚いた……さすがシエル姉さん！

俺が見せた融合魔法を、一度見ただけで習得してしまったらしい。

「やっぱり、才能においては姉さんには敵《かな》わないな……！

「やっぱり触媒が良かったのね。ふふ、まだ完全じゃないけど私でも再現できたわ」

「むむむ……！」

「これで、私の勝利は確定的よね。マリーン先生？」

ニコッといい笑顔をしながら、話を振るシエル姉さん。

するとマリーンさんは、眼を閉じてしばし逡巡《しゅんじゅん》し――。

「いいえ、ジーク君の勝利です」

穏やかで、それでいて有無を言わせぬ覇気を溢《あふ》れさせながら宣言するのだった。


――○●○――


「どうして……？　どうして、ノアの勝利なんですか？」

マリーンさんの宣言に対して、シエル姉さんはすぐに不満を露わにした。

目上の大魔導士が相手でなければ、摑《つか》みかかりそうな勢いである。

しかしマリーンさんは動揺することなく、軽く咳払《せきばら》いをすると改めて言う。

「ジーク君の勝利です、それは間違いありません」

「なぜ？　理由をおっしゃってください」

「いろいろとありますが……。まず、彼は私についてよく調べてきたようです。この勝負に勝つためにね。その行動は評価に値します」

そう言うと、マリーンさんは手にしていた杖でコツコツと地面を叩《たた》いた。

姉さんは「ん？」と不思議そうな顔をしながら視線を下げる。

「これが何か？　綺麗な模様ですけど、それほど大したものでは……」

「この花はね、私たちにとって特別なものなのよ。ジーク君は、それをわかってこれにしたんでしょう？」

俺の顔を見ながら、柔らかに微笑むマリーンさん。

その問いかけに、俺はゆっくりとうなずいた。

魔法で地面に描き出したこの花は、事前に調べた結果選んだものである。

「ええ。マリーンさんと、そして息子さんにとって特別な花を選びました」

「先生の息子？」

怪訝《けげん》な顔をするシエル姉さん。

どうやら姉さんは、マリーンさんのことについてあまり深くは調べなかったらしい。

まあ無理もない、小細工なんかしなくても自分の実力なら勝てると踏んだのだろう。

「はい。このセキレイユリの花には『再会』という意味があります。マリーンさんと息子さんは、会うたびにこの花を互いに贈り合っていたんですよね？」

「そうよ。息子は冒険者だから、また会えるようにって思いを込めてね」

「もしかして、さっき映し出されてたのって……！」

ハッとした顔をするシエル姉さん。

その通り、先ほど映し出した冒険者と女性はマリーンさんと息子さんのイメージである。

もともとは別の絵を映し出すつもりだったのだが、クルタさんから情報を得て変更した。

「ええ。あの子のことをすぐ思い出したわ」

「……なるほど、確かに気《き》は利いてるわね。けど、これで勝ちにするには弱いわよ。これはあくまで魔法の勝負、おもてなし勝負じゃないわ！」

拳《こぶし》を握り締めながら、声を大にするシエル姉さん。

確かに、姉さんの言うことにも一理ある。

魔法勝負ならば、さすがにこれだけでは物足りないだろう。

俺はすぐに後ろを振り返ると、ロウガさんたちの方を見て声をかける。

「すいませーん！　闘技場の明かりを、暗くしてもらえませんか？」

「ん？　ああ、できるが……何をするつもりなんだ？」

「すぐわかりますから、とにかくお願いします！」

俺に促されて、ロウガさんはすぐさま客席の脇《わき》にあるレバーを下げた。

するとたちまち、天井や壁に設置されていた魔石灯の光が落ちる。

周囲が薄闇《うすやみ》に包まれたところで、地面に刻まれた花の文様が淡い光を放ち始める。

そう、本物のセキレイユリのように。

セキレイユリが再会の言葉を持つようになったのは、闇夜《やみよ》に光るその性質から。

俺はその特徴的な光も、どうにか再現していたのだ。

「これは……！　もしかして、炎と水のほかに光魔法も織り込んでいたの⁉」

「ほんとにわずかだけどね。さすがに三種類を均等にってなると、安定させるのは無理だったから。けど、結果的にセキレイユリの淡い光をうまく再現できたよ」

「ふふふ、やはりねえ。ほんのわずかにだけど、魔力が感じられたのよね」

「むむむ……‼」

ギリギリと歯ぎしりをし始めたシエル姉さん。

本当に悔しい時にだけする、昔からの癖《くせ》である。

すっかり治ったと思っていたけれど、そうじゃなかったんだなぁ……。

「で、ですが！　これでもまだ弱いでしょう！　私の方がすべてにおいて上です！」

「ええ、あなたはほとんどすべての面において今のジーク君には勝っているでしょう」

……あ、あれ？

シエル姉さんの訴えを、マリーンさんは驚くほどあっさりと受け入れた。

そのことに俺たちが動揺していると、彼女は至極落ち着いた口調で言う。

「けれど、たった一つだけジーク君に負けているものがあります。発想力です」

「発想……力……？」

「ええ。あなたの披露した魔法は、いずれも素晴らしいものでした。ですが、斬新《ざんしん》さという点ではジーク君の融合魔法などに分があります。私は自分に気を配ってくれたことよりも、そちらの観点からジーク君を勝ちとします」

これは、マリーンさんが俺の伸びしろを認めてくれたということだろうか。

大魔法使いからの思わぬ言葉に、俺は少しばかり嬉しくなった。

「マリーンさん……！　ありがとうございます、ありがとうございます！」

「これで、シエルも納得してくれるわね？」

「んん……！　ノ、ノーカンよ！」

「え？」

「勝負の勝ち負けなんて、もはや関係ないわ！　前言撤回、ノアには何が何でもうちに帰ってきてもらうわよ！」

えええええ⁉

ここでさすがにそれは困るよ！

ここまでやっておいて、全部ひっくり返しちゃうなんて！

さすがの俺も堪忍袋の緒が切れて、普段より数倍強い口調で抗議する。

「そんな無茶苦茶な！　シエル姉さんだって、納得したじゃないか!!」

「そりゃ、魔法勝負なら私が勝つに決まってたからよ！」

「何だよそれ！　最初から許可するつもりなんてなかったんじゃないか！」

「その通りよ！　ええい、とにかく帰ってきなさい！　こうなったら実力行使よ！」

杖を構え、瞬時に三重の魔法陣を展開するシエル姉さん。

まずい、本気の拘束魔法だ！

俺は即座に防御魔法を展開しようとしたが、とても間に合わない。

やはり魔法の発動速度では、姉さんに分があるな……！

「こら、やめなさい！　大人げないでしょう！」

「大人である前にお姉ちゃんなんです、マリーン先生！」

マリーンさんの非難も何のその、魔法を発動しようとしたシエル姉さん。

大人である前にお姉ちゃんって、何だかめちゃくちゃな理屈だな！

だがここで、彼女の身体スレスレを何かが通り抜けた。

あの鋭く風のように速いものは……ライザ姉さんの飛撃だ！

「おい、やめろ」

「ライザ……！」

「実力でジークを連れ帰るというなら、この私を倒してからにしろ。倒せれば、だがな」

殺気すら感じさせるほどの凄み。

ドラゴンでも逃げ出してしまいそうなそれに、シエル姉さんはたまらず身を引いた。

単純な武力ならば、シエル姉さんはライザ姉さんには及ばない。

そもそも、相性《あいしょう》が最悪と言っていいほどに悪かった。

ライザ姉さんの圧倒的な攻撃速度は、魔法使いの及ぶところではない。

それは賢者であるシエル姉さんとて、例外ではないのだ。

「どうする？　勝負するか」

「………わかった、わかったわよ」

やがてライザ姉さんに距離を詰められたシエル姉さんは、蚊の鳴くような声でそう言った。

そして俺の方を改めてみると、眼にうっすらと涙を浮かべながら言う。

「こ、この場はライザに免じて引くわ。しばらくこのラージャで暮らすことも……。特別に、特別に許可してあげる！」

「おお……!!」

俺をビシッと指さして、半泣きになりながらも宣言したシエル姉さん。

やれやれ、これで当面の危機は乗り切ったな！

俺はいつの間にか額に浮いていた冷や汗を拭《ぬぐ》うと、ほっと胸を撫でおろした。

「やれやれだな！ 全くひやひやしたぜ！」

「礼を言うよ、ライザさん」

「私はジークを守るために、当然のことをしたまでだ。言っておくが、絶対にそなたのためではないぞ」

「分かってるよ！ こっちだって、ジーク君が残る以上はバトル再開なんだからね！」

何やら、再び火花を散らせ始めたライザ姉さんとクルタさん。

一時は落ち着いていたのに、また厄介なことになったなぁ。

俺がそう思っていると、不意にこちらへ近づいてきたシエル姉さんが言う。

「にしてもノア、さっきのあれは何？」

「え？ 俺、何かしましたか？」

「したわよ！ ほらさっき、マリーン先生に褒められた時にさ。なんであんなに嬉《うれ》しそうな顔をしたわけ？」

シエル姉さんの問いかけに、俺はよく意味がわからず首を傾《かし》げた。

凄腕《すごうで》の魔法使いに褒められれば、誰《だれ》だって嬉しいものじゃなかろうか？

「そりゃあ、マリーンさんほどの魔法使いに褒められれば当然ですよ」

「何でよ！ 私が褒めた時は、いっつも渋い顔してるのに！」

「はい？ シエル姉さんが俺のことを褒めてくれたことなんて、スライムの時ぐらいじゃなかった？」

俺がそう聞き返すと、姉さんの顔が急に赤くなり始めた。

や、やばいぞこれは……！

よくわからないが、姉さんの怒りのスイッチを踏み抜いてしまったようだ。

「たまに言ってたわよ！『やるじゃない』とか『まあまあね』とか！」

「そんな褒めたうちに入るの⁉」

「入るわよ！　私の基準では、そりゃもうばっちりと！」

「ううーん、姉さんの基準が特殊過ぎる……！」

そんなの、いくら付き合いの長い姉弟《きょうだい》とはいえわからないよ！

俺は思わずそう言いたくなったが、どうにかグッと呑み込んだ。

ここでそれを言ってしまったら、さらなる混乱が訪れるだけだからな。

こうして俺が我慢をしていると、シエル姉さんは急にしおらしい顔をしてつぶやく。

「私だって……本当は素直になりたいわよ」

「へ？　いま、何か言った？」

「何でもないわ！　あー、もうとにかく私は帰るわ！　けど、覚えておきなさい！　すぐにまた戻ってくるんだからね！」

「は、はい！」

「それからライザ！　あんたも覚えておきなさいよ！」

それだけ言い残すと、シエル姉さんは止める間もなく地下闘技場を出ていった。

これからのことが、ちょっと不安になる感じだけれど……。

「とにかく、今はうまくいって良かった！」

無事に試練を乗り切ったことに対して、俺は喜びを爆発させるのだった——。

第十一話

嵐の前の平穏

シエル姉さんとの勝負から、はや一週間。

俺《おれ》たちはラージャでおおよそ平穏な日々を過ごしていた。

シエル姉さんが本当におとなしく帰るのか、やや不安だったけれど……。

今のところは、特に何も起きてはいない。

ライザ姉さんが睨《にら》みを利《き》かせてくれたことが、よっぽど効いているようだ。

もっともそのことで、ライザ姉さんが……。

「ジークはしっかり私に感謝するのだぞ。私のおかげで、ラージャにいられるのだからな！」

冒険者ギルド併設の酒場にて。

ライザ姉さんと食事をしていると、姉さんはドンッと誇らしげに胸を張った。

ここ最近は、一緒になるたびにこの調子である。

もちろん、そのことについて感謝はしているけれど……。

さすがにそう何度も何度も言われると、うっとうしいというか……。

俺が苦笑をしていると、代わりにクルタさんがチクリと言う。

「……そんなに恩着せがましいと、嫌われちゃうんじゃないかなー？」

「なっ⁉　ジークが私を嫌うことなど、あるわけがない！」

「でも、ジークは前におうちを飛び出したんだよね？」

いたずらっぽく笑いながら、俺の方を見るクルタさん。

げ、そこで話を振ってくるのかよ！

予期せぬ無茶ぶりに、俺は飲んでいたジュースを噴き出しそうになってしまった。

恐る恐る姉さんの方を見やれば、すがるような眼でこちらを見ている。

うう、凄《すご》く話しづらい……！

「え、えーっと！　何度も言ってるけど、別に姉さんたちが嫌で家を出たわけじゃないよ！

あのまま家にいたら成長できないとか思ったから、出ただけで……」

「うむ、そうだな！　私たちを嫌いになったわけではないよな！」

「あーでも……。あんまり自慢げにされると……ちょっとうっとうしいかも」

「うっとうしい⁉」

急に胸元《むなもと》を押さえて、テーブルに倒れ伏すライザ姉さん。

ちょ、ちょっと大丈夫なのか⁉

「ライザ姉さん⁉　ど、どうしたの⁉」

「何でもない……心が少し傷ついただけだ」

「傷ついたって、俺、そんなに悪いこと言っちゃった⁉」

「……ジークは恐ろしく鈍感ですね。姉の心、弟知らず」

俺をじとーっと見ながら、つぶやくニノさん。

そんなこと言われても、そんなにひどかったかな？

俺が戸惑っていると、不意にクルタさんが距離を詰めてきた。

彼女は俺の腕を取ると、ぐったりしているライザ姉さんを見ながら笑う。

「じゃあ、ライザが落ち込んでいるうちにジーク君はボクがいただきかな？　ふふふ！」

「それは許さんぞ！」

「お、元気になった」

「ジークを連れていくなら、この私を倒してからにしろ！　でなければ認めん！」

「ちょ、ちょっと！　こんなところでやめてよ、姉さん！」

剣の柄《つか》に手を掛けたライザ姉さん。

一方、クルタさんもポケットから短剣を取り出して臨戦態勢だ。

ああもう、ギルドの酒場で何をやってるんだよ！

というか二人とも、なんで俺のために戦おうとしてるんだ⁉

困った俺がロウガさんに視線を向けると、彼はニヤッとからかうような笑みを浮かべて言う。

「ははは、うらやましいなぁ。このモテ男が」

「いやいや、そうじゃないですって！　止めるの手伝ってくださいよー！」

「ははは！　若者よ、楽しめ楽しめ！」

こうして俺たちが、酒場で騒いでいる時のことだった。

不意に隣のカウンターの奥から、マスターの声が響いてくる。

マズ、いくら何でも騒ぎすぎたかな？

俺たちがとっさに顔を見合わせると、マスターの脇《わき》からケイナさんが顔を出した。

そういえば、ここ二週間ほどは彼女の顔を見ていなかったな。

シエル姉さんから受け取った資料の調査をするとのことだったが、ひょっとしてそれが終わって戻ってきたのだろうか。

「あ、お久しぶりです！」

「久しぶりやね、元気しとった？　術比べがどうとか、あれこれ言っとったけど」

「……ええ、まあいろいろとありましたけど何とか」

皆と顔を見合わせながら、苦笑する俺。

いやほんと、あれからの一週間は大変だったもんなぁ。

術比べ当日はもちろんのこと、その前も徹夜で魔法の研究にかかりきりだったし。

「さよか。何や大変だったみたいだけど、無事で何よりだわ」

「ありがとうございます」

「ところで……賢者様はおらんの？　姿が見えへんけど」

周囲を見回しながら、少し困ったような顔をするケイナさん。

ひょっとして、シエル姉さんに何か用でもあったのだろうか。

「シエル姉さんなら、もう家に帰りましたよ」

「ありゃりゃ……。そら参ったな、いてくれたらいろいろ助かったんやけど」

「何か相談でもあったんですか？」

「うん……あれこれと」

ケイナさんはそう言って渋い顔をすると、周囲を見渡した。

そして俺たちのほかにも冒険者がいることを確認すると、やや声を潜めて言う。

「実はな、みんなにもちょっと相談したいことがあるんよ。こっちに来てくれへん？」

「いったい、何なんです？」

「ここだと言いづらいことなんよ」

「ああ、そういうことだからすまないが執務室まで来てくれ」

「わかりました、すぐ向かいます」

マスターにまで言われてしまっては仕方がない。

俺たちは何だか妙な胸騒《むなさわ》ぎを感じつつも、マスターの執務室へと向かうのだった。

――○●○――

ジークたちがマスターに呼び出しを受けていた頃《ころ》。
家に帰るべく旅を続けていたシエルは、ようやくウィンスター王都へと到着した。
快速馬車を乗り継ぎ、実に七日間の旅である。
この間、ずっと野営で過ごしてきたため既にシエルの体は疲労困憊《ひろうこんぱい》。
気を抜くとため息が漏《も》れてしまうような状態だ。
「さてと、やっと着いたわね……」
馬車から降り立ったシエルは汗を拭くと、すぐに通りを歩き始めた。
そうしてしばらく進むと、やがて道沿いに大きな建物が姿を現す。
五階建てでちょっとした城ほどもあるその建物は、軒先に白百合《しらゆり》の紋章を掲げていた。
――フィオーレ商会、王都本部。
大陸の経済を牛耳るフィオーレ商会の総本山である。
シエルは勝手知ったる様子で正面の階段を上ると、そのままエントランスに入る。
「おや、これはこれはシエル様。ようこそお越しくださいました」
シエルの姿を見つけた黒服が、すかさず彼女に声をかけた。
さすがは大商会の従業員といったところか。

シエルがここを訪れることはあまりないのだが、しっかりと顔を覚えていたようだ。

「姉さんはいる？」

「あいにく、会頭はただいま定例会議に出席中です」

「じゃあ、それが終わったらすぐ家に帰ってくるように伝えて。大至急よ！」

「残念ですが、それは難しいかと。会議が終わった後は商業ギルドの懇親会へご出席、さらにその後は王宮で行われる王子様の生誕祭に――」

「そんなのは全部キャンセルよ！　とにかく伝えて、このままだとノアがライザに取られるって！」

「は、はぁ……。かしこまりました」

シエルの勢いに押されて、たまらず了承してしまう黒服。

彼に何度も念押しをすると、シエルはそのまま本部を立ち去った。

そして大通りに出たところで、遥《はる》か西方を見やりながら言う。

「ノア……待ってなさいよ！　必ずあんたを連れ戻してみせるんだからね!!」

決意の籠《こも》った叫びが、街角の雑音を貫いて響いたのだった――。

間話

湯煙の戦場

「本当にあるんですか？　秘湯なんて」

時は遡《さかのぼ》り、数週間前。

ラズコーの谷での激闘を終えた俺《おれ》たちは、帰り道にとある河原《かわら》へと足を延ばしていた。

クルタさん曰《いわ》く、川底から源泉が湧《わ》いて周囲が丸ごと温泉になっている場所があるらしい。

スライム討伐《とうばつ》をできるだけ早く報告したかったが、その前に雨に濡《ぬ》れた体を温めたかった。

「ん、臭うな」

クルタさんの案内に従って、河原を歩くこと小一時間。

ライザ姉さんが鼻をスンスンとさせながら足を止めた。

言われてみれば……微《かす》かにだけど、硫黄《いおう》に特有の腐卵臭がする。

川に眼をやれば、水底に沈む石がほんのりと赤く変色していた。

「もうちょっとだね！　ふふふ、ここの温泉は期待していいよー！　疲れが取れるし、お肌もつるっつるになるから！」

「へえ、そりゃ楽しみですね！」

「ああ。早く温まりたいものだな。……くしゅっ！」

ライザ姉さんの口から、ずいぶんと可愛《かわい》らしいくしゃみが漏《も》れた。

いつものいかめしい様子からは想像もできないそれに、たちまちシエル姉さんが噴き出す。

「あはは、大丈夫？　寒いなら、魔法で温めてあげようか？」

「へ、平気だ！　この程度、心配いらん！」

「ならいいけど。ま、あんたは風邪ひくようなタイプじゃないし」

「む、それはどういう意味だ？　まさか、私が馬鹿《ばか》だとでも？」

「別に、そんなこと一言も言ってないでしょー」

笑って誤魔化《ごまか》すシエル姉さん。

舌戦においては彼女がライザ姉さんより一枚上手のようである。

ああだこうだと騒ぐライザ姉さんを、シエル姉さんは軽くいなしていく。

「さすが賢者様ってとこだな」

「うちだと二番目ですけどね」

感心するロウガさんに軽く補足をする。

我が家で口喧嘩《くちげんか》が始まると、ぶっちぎりで強いのがアエリア姉さんである。

大商会の会頭を務めているだけあって、とにかく口が上手《うま》くて交渉ごとに強い。

それと比べてしまうと、シエル姉さんはまだまだといったところだ。

「あっちで湯気が立っていますね。急ぎましょう」

「ああ、ちょっと待ってや！　そんな走らんといて！」

温泉が待ち遠しかったのだろうか、急に動き出したニノさん。

一方、彼女を追いかけようとしたケイナさんはずいぶんお疲れの様子だ。

一般人の彼女にとって、今回の旅は体力的に相当厳しかったのだろう。

「大丈夫ですか？」

「あははは、助かるわぁ」

ふらふらとバランスを崩したケイナさん。

その手を握って支えてあげると、なぜか姉さんたちの眼が険しくなった。

ライザ姉さんはプイッと視線をそらせると、不機嫌そうに告げる。

「……我々もいくぞ！」

「は、はい！」

こうして再び歩くことしばし。

やがて河原のそこかしこから白い湯気が上がり始めた。

岩の下で源泉が湧《わ》き上がっているようである。

クルタさんはそろそろと川へ降りていくと、ゆっくり水面に手を入れる。

「うん、ちょうどいい湯加減！　このあたりがいいよ！」

「そうか。だがしかし……」

「視界を遮《さえぎ》るものが何もないわね」

そう言うと、俺とロウガさんの顔を見やるシエル姉さん。

周囲は広い河原で、せいぜい岩が突き出しているぐらいであった。

確かに、このままでは女性陣の入浴が丸見えになってしまう。

「じゃあ、交代制にしましょうか。俺は後でいいですから」

「俺も後でいいぜ。女連中で先に入ってくるといい」

女性陣にカッコつけたいのか、妙にいい笑顔でそう告げるロウガさん。

すると、その笑顔に下心でも感じたのだろうか。

ニノさんもまた、後でいいと言い出した。

ロウガさんはやや渋い顔をしながらも、やむなくその提案を受け入れる。

「……ニノがいたんじゃなぁ」

「ロウガ、聞こえていますよ」

「いっ⁉ 何もしない、何もしねえって！」

「あははは……。とりあえず、向こうに行ってましょうか」

こうして俺たち三人は、川岸に広がる林へと足を踏み入れた。

そして近くに生えていた大木を背もたれの代わりにしながら、地面に腰を下ろす。

「やれやれ。これじゃ本当にただ待つだけだな」

「残念でしたね、ロウガさん」

「そういうジークだって、本当は見たかっただろ？」

「や、やだなぁ！　何言うんですか！」

思わず、顔を真《ま》っ赤《か》にしながら否定する俺。

男として見たいか見たくないかと聞かれれば、まあ見たいけども！

それと実際に覗《のぞ》きをするかというのは、別の問題である。

ロウガさんもいい大人なんだから、さすがにもうちょっと考えてほしいところだ。

「そんなことだから、ロウガはモテないんですよ」

「な、何を！　これでも昔は……」

ああだこうだと言い争いを始めたロウガさんとニノさん。

そうしているうちに、女性陣は着替えを終えて温泉に入ったようだ。

川のせせらぎに混じって、微かにだがはっきりと声が聞こえる。

「うわー！　ライザさん、えげつないスタイルやな！」

「ふふん、日頃《ひごろ》の鍛錬の成果だ」

「ボクだって、身長を考えるとなかなかのものだよ。どう？」

「おお、上向きでええ形しとるね。ただ、やっぱり大きさはライザさんやなぁ」

「まったく……何を比べてるのよ」

「そういう賢者様は…………四番やね」

「残念そうに言わないでくれる⁉」

むむむ、何だかなかなかにひどい会話が……。

どうやら四人とも、川の音にかき消されて俺たちには聞こえてないと思ってるな。

いやその、かなりはっきりと聞き取れちゃっているのだけども。

たぶん、河原の岩に反響してしまっているのだろう。

「ふむ、クルタちゃんもいい線いってると思ったが、やはりライザか。番狂わせはなかったな」

「ロウガさん、何を真顔で実況してるんですか」

「……仕方ないですね、私が言ってきましょう」

「お、ニノ選手も参戦か？」

「しません！」

ツンッとそっぽを向くと、そのままズンズンと川に向かって歩くニノさん。

しかし、それがいけなかったのだろう。

ニノさんがその場を離れた直後、ざぶんっと大きな水音と共に悲鳴が聞こえてくる。

「ニ、ニノさん！」

「大丈夫か⁉」

俺とロウガさんは慌てて林を飛び出すと、ニノさんの救出へと向かった。

だが……。

「あっ……！」

足を滑らせて川に落ちたらしいニノさんは、無事にライザ姉さんによって救助されていた。

考えてみれば、そうなるのも当たり前である。

あのライザ姉さんが俺たちより反応が遅いわけがないし、距離的にも近いのだから。

こうしてニノさんの救助という名目を失った俺たちは、ただいきなり飛び出しただけの状態となってしまい……。

そのまま、裸の女性陣と眼が合ってしまう。

「……まさか、こんなことをするとはな」

「もう……見たいなら見せてあげたのに……」

「ちょっと、青春のしすぎやねえ」

「まったく、信じられない！」

「いや、誤解だよ！　説明すればわかるって！」

「そうだ、これは不可抗力で……」

「問答無用だ！」

「に、逃げろっ!!」

恐るべきオーラを身に纏《まと》い、こちらに迫ってきた姉さん。
俺たちは誤解がとけるまでの間、懸命に彼女から逃げ続けるのだった――。

あとがき

読者の皆様、こんにちは。
作者のkimimaroです、まずは本作をお手に取って頂きありがとうございます。
家で無能シリーズ、無事に第二巻を発売することが出来ました。
おかげさまで第一巻は売上も好調、コミカライズの企画も着々と進行中です。
緊急事態宣言などもあり、作者としてあれこれと心配していたのですが。
幸いにも本作は、順調といって良い結果を出すことができました。
これもひとえに読者の皆様のおかげです、あらためて感謝いたします。
さて、第二巻についてですが。
第一巻に引き続き、ジークが境界都市ラージャとその周辺を舞台に大活躍します。
そこへやってくるのは、賢者の称号を持つ四女のシエル。
果たしてジークは、強大な魔法を操る彼女の魔の手から逃れられるのか。
ぜひ、本編を読んでご確認ください。
また今回も、ウェブ掲載版からの大改稿を行いました。
それに伴い、二万文字程度の加筆とシーン追加も行っております。
第一巻にはほとんどなかった、色っぽいシーンもバッチリ搭載!

もきゅ先生の手による素敵な口絵もございますので、どうかご覧ください！　今回のメインであるシエルはもちろんのこと、ライザやクルタも可愛く色っぽく描いてくださいました。

他にも迫力のある挿絵が盛りだくさんで、見どころ満載です！

最後に、本作に関わった関係者の皆様への謝辞を。

担当編集氏やもきゅ先生をはじめ、今回も多くの皆様の協力で本を出すことができました。

簡単ではございますが、この場を借りてお礼申し上げます。

二〇二一年五月　kimimaro

ファンレター、作品の
ご感想をお待ちしています

〈あて先〉

〒106－0032
東京都港区六本木2－4－5
ＳＢクリエイティブ（株）
ＧＡ文庫編集部 気付

「kimimaro先生」係
「もきゅ先生」係

本書に関するご意見・ご感想は
右の QR コードよりお寄せください。

※アクセスの際や登録時に発生する通信費等はご負担ください。

https://ga.sbcr.jp/

家で無能と言われ続けた俺ですが、
世界的には超有能だったようです 2

発　行	2021年6月30日	初版第一刷発行
著　者	kimimaro	
発行人	小川　淳	

発行所　SBクリエイティブ株式会社
〒106－0032
東京都港区六本木2－4－5
電話　03－5549－1201
03－5549－1167（編集）

装　丁　AFTERGLOW

印刷・製本　中央精版印刷株式会社

ISBN978-4-8156-0958-0
Printed in Japan
GA文庫